UNICORN

機動戰士鋼彈UC

9 彩虹的彼端（上）

福井晴敏

角色設定 安彥良和　機械設定 KATOKI HAJIME　原案 矢立肇・富野由悠季　插畫 虎哉孝征

前情提要

Previous to GUNDAM UC

宇宙世紀0096年。為了爭奪可能顛覆聯邦政府，名為「拉普拉斯之盒」的宇宙世紀之謎，擁有「盒子」的畢斯特財團、企圖隱匿其存在的聯邦政府，以及想利用它的新吉翁軍殘黨，三者在暗地裡持續較勁著。住在工業殖民衛星「工業七號」的少年巴納吉・林克斯，在救了充滿謎團的少女奧黛莉（米妮瓦・拉歐・薩比）之後被捲入這場紛亂中。巴納吉的親生父親，畢斯特財團的領袖卡帝亞斯將純白的MS「獨角獸鋼彈」託付給他。

受到分階段揭示前往「拉普拉斯之盒」座標的「獨角

獸」指引，巴納吉有時身處新吉翁軍一方，轉戰各處。在奪回被囚禁的奧黛莉這段路途上，他與新吉翁殘黨的辛尼曼及瑪莉妲等人有了更深的羈絆，並且和救出來的奧黛莉等人一起與聯邦軍的突擊登陸艦「擬．阿卡馬」會合了。

可是這超越所屬陣營的聯手十分短暫，被「擬．阿卡馬」收容的辛尼曼等人發動叛亂，與他們相呼應的新吉翁首腦弗爾．伏朗托壓制了整艘船艦。雖然靠著奧黛莉與瑪莉妲的行動，讓巴納吉他們再次恢復團結，然而伏朗托早已動身前往「獨角獸」提示的最終座標——「工業七號」的殖民衛星建造者「墨瓦臘泥加」，搶得入手「盒子」的先機。為了結束這一切恩怨而追上去的「擬．阿卡馬」，即將替這圍繞著「盒子」的爭戰劃下休止符。

插畫／安彥良和、虎哉孝征

「話說在前頭，我不會讓你通過的，巴納吉小弟。」
「那我就硬闖！」（摘自本文）

機動戰士鋼彈UC（UNICORN）9　彩虹的彼端（上）

福井晴敏

Kadokawa Fantastic Novels

封面插畫／安彥良和

KATOKI HAJIME

扉頁・內文插畫／虎哉孝征

機動戰士

鋼彈UC UNICORN

MOBILE SUIT GUNDAM UNICORN

0096/Final Sect 彩虹的彼端

1 ··· ··· ··· ··· ··· 9

2 ··············· 118

登場人物

●巴納吉・林克斯
本故事的主角。受親生父親卡帝亞斯託付MS「獨角獸鋼彈」，一步步被捲進圍繞著「拉普拉斯之盒」的戰爭中。16歲。

●米妮瓦・拉歐・薩比（奧黛莉・伯恩）
昔日吉翁公國開國之祖薩比家的末裔。遭到畢斯特財團囚禁了一段時間之後，終於與巴納吉再一次相會。16歲。

●利迪・馬瑟納斯
地球聯邦軍隆德・貝爾隊的駕駛員，政治家族馬瑟納斯家的嫡子。在「拉普拉斯之盒」的處置上與巴納吉對立。23歲。

●弗爾・伏朗托
統率諢名「帶袖的」的新吉翁軍殘黨首腦。人稱「夏亞再世」，親自駕駛MS「新安州」，年齡不明。

●安傑洛・梭裴
擔任伏朗托親衛隊隊長的上尉。迷戀伏朗托，對於伏朗托所關注的巴納吉抱持執拗的反感。19歲。

●斯貝洛亞・辛尼曼
新吉翁軍殘黨偽裝貨船「葛蘭雪」的船長。為了救出部下瑪莉妲而與巴納吉共同行動。52歲。

●瑪莉妲・庫魯斯
前新吉翁軍強化人。受畢斯特財團囚禁並重新調整，不過被巴納吉與辛尼曼救出。18歲。

●亞伯特・畢斯特
亞納海姆公司幹部。在其姑姑，畢斯特財團的代理領袖瑪莎・卡拜因面前抬不起頭。33歲。

●塔克薩・馬克爾
地球聯邦軍特殊部隊ECOAS的部隊司令，中校。為了幫助巴納吉而犧牲了自己的性命。得年38歲。

●奧特・米塔斯
在被「拉普拉斯之盒」相關狀況擺弄的突擊登陸艦「擬・阿卡馬」上擔任艦長，階級為中校。45歲。

●美尋・奧伊瓦肯
在「擬・阿卡馬」艦上服役的新到任女性軍官，是一位活潑伶俐的女性。22歲。

●羅南・馬瑟納斯
地球聯邦政府中央議會議員。利迪的父親。企圖將「拉普拉斯之盒」納於政府的管理之下，以維持聯邦的霸權。52歲。

●布萊特・諾亞
隆德・貝爾隊司令。擔任旗艦「拉・凱拉姆」艦長，涉入與「拉普拉斯之盒」相關的事件。階級為上校。38歲。

●奈吉爾・葛瑞特
隆德・貝爾隊的王牌駕駛員。與戴瑞、華茲共同組成有「隆德・貝爾三連星」之稱的小隊。27歲。

●瑪莎・畢斯特・卡拜因
畢斯特家的女皇。卡帝亞斯的妹妹。企圖將「拉普拉斯之盒」納入掌中，維持畢斯特財團對地球圈的控制。55歲。

●拓也・伊禮
巴納吉的同學，是個重度MS迷。目標是成為亞納海姆電子公司的測試駕駛員。16歲。

●米寇特・帕奇
在「工業七號」讀私立高中的少女。對巴納吉有好感。與拓也等人一起搭上「擬・阿卡馬」。16歲。

●卡帝亞斯・畢斯特
畢斯特財團領袖。將開啟「拉普拉斯之盒」的鑰匙「獨角獸」託付給兒子巴納吉後殞命。享年60歲。

0096/Final Sect 彩虹的彼端

1

在舊世紀中一度幾乎絕滅，名為香菸的毒害，到了宇宙世紀0096年的今天卻仍然苟延殘喘。雖說會這樣是因為香菸配合宇宙時代不斷改良的結果，例如將對人體以及精密機械有不良影響的焦油降到最低限度，以及開發出藉化學藥劑達成低溫燃燒的菸草，但是大部分人認為，讓香菸死灰復燃的最大功臣，正是一年戰爭。

前線的士兵們就不用說了，在作戰會議室苦著臉互相對望的將軍們，以及只能聽著不斷傳來的被害報告瞠目結舌的議員及政府官員們也一樣。對失去接近總人口半數，剩下的一半人口也被迫站在危險邊緣的人類來說，香菸成了可以減輕前所未有壓力的藉慰。在官邸、議事堂等地全面禁菸的原則很快就被捨棄，戰爭期間不管是會議室或是休息室，到處都充滿了濃濃的菸草味。這樣的壞習慣持續到戰後，在達卡這裡，也不斷可以看到議員在會議中抽上一根。就算在執政黨與在野黨重要人物聚集的移民問題評議會也不例外——不，正因為這裡有許多經歷過戰爭期與戰後的資深老手，吸菸率尤其高——吞雲吐霧的煙靄在會議室四處飄揚，早已成為常態了。

「不出聲就當作大家同意……沒問題吧？」

即便如此，今天又特別嚴重。用手揮去飄在眼前的煙霧，羅南．馬瑟納斯環顧了坐在圓桌旁的眾人面孔。

「軍方也觀測到『L1匯合點』的消滅了。『擬．阿卡馬』正前往暗礁宙域，而新吉翁艦隊大舉出動準備對它進行伏擊。由這些狀況來判斷，『拉普拉斯之盒』存在於暗礁宙域內的可能性很高。」

三十二名評議員集合在達卡中央議事堂本館的第111委員室。以坐在上座議長席的羅南為首，列席者多是各政黨的幹事級人物，一張張還帶著睡亂的髮型與眼垢的臉孔沉沒在煙霧之中。現在是標準時間上午五點，從深夜那一通臨時召集的電話聲響起到現在，已經過了兩個小時。討論關於宇宙移民的諸多問題、並交由議會衡量，藉以決定超過百億人口的宇宙移民者未來的超黨派機構——被媒體戲稱是影子內閣的移民問題評議會。對身負重責大任的他們來說，在深夜凌晨集合並不稀奇。而為了因應達卡恐怖攻擊事件，許多議員都已來到達卡，也有助於這場會議迅速召開並且無人缺席。不過一旦面對議題時，評議員們的臉色就顯得遲鈍、不可靠，與他們在票倉為了拜票奔波時判若兩人。

每個人都擺出極為難看的表情，只是一個勁兒地吐著煙霧，並且用不想做出判斷的表情互相窺視著。說這些是習於開會的人慣用的手段也是沒錯，不過現在檯面上放的不是普通的議題。這些人都知道了——羅南在心中咒罵著。知道這一個多月來的怪事，全部肇因於「拉普拉斯之盒」、知道這些事的最終結局近在眼前。也知道了，所有人都是從父祖輩繼承了現在的職位，一直共同掩護著「盒子」的祕密，而就這層意義來說，被迫要清算長達百年的謊言的，反倒是我們的這件事。

「既然這樣，就促請宇宙軍全軍出動以維持治安，並對暗礁宙域實施封鎖。將新吉翁艦隊殲滅，讓『擬．阿卡馬』歸順軍方。隨後確保『拉普拉斯之盒』，並將其納入本評議會的管理之下。該做的事已經決定了；如果沒有人提出B計畫的話，我想進行討論怎麼實施，如何？」

在這段時間中，事件仍然在進行著。雖然這是有武裝警衛進行戒備的非公開會議，羅南對於不斷提到「盒子」的名字還是有排斥感的，可是也不能跟評議員們睡眼惺忪的目光繼續耗下去。羅南這麼說是想給全員一記耳光，將他們打醒，不過所有人的反應仍然很遲鈍。在彷彿能聽到時鐘秒針聲音的沉默之中，兼任執政黨建設部會長的議員雙手交抱於胸前，發出含混的聲音：「要全軍出動維持治安，說起來容易……」

「由事件的性質來說，這事件不能公諸於世，應該無法滿足請軍隊出動的條件吧。這該怎麼辦？」

「畢竟現在的法務部長是莫爾嘛！」坐在隔壁，主要研究農政方面的議員靠在椅子上回應著。「我不認為法務部會輕率地答應。尤其現在媒體又在炒作第三次新吉翁戰爭這種動搖民心的話題。要是出動大部隊的話，肯定會引來世人的注目。」

所有人的目光，都投向坐在羅南對面的約翰·鮑爾議員身上。這位引發動搖人心之語的起源、國防委員會的重要人物，對混有責難的眾人視線卻毫不在意，仍然神色自若。羅南忍住嘆息，「正是因為這樣……」他將身體探往桌面說著。

「正因為鮑爾議員為我們鋪好路了，所以才更容易出動軍隊。由於這陣子恐怖攻擊不斷發生，讓輿論也開始傾向討伐新吉翁。只要有這裡的各位協力的話，應該是可以扳倒法務部門的阻礙的吧？」

當然，這並不是真心話。任何人都知道，鮑爾的行動，只是為了讓他自己參與設立的隆德·貝爾得以存續等等，維持軍需產業複合體的目的而作的戲。沒有繼續盯著刻意將視線轉開的鮑爾，羅南再次環顧所有人的臉。「這樣的看法會不會太一廂情願了？」六位女性議員中的一位插嘴，並將香菸在菸灰缸上捻熄。

「偏袒宇宙居民的媒體，是擁護新吉翁的。他們用的還是那套老論調，說萬惡的根源都是來自聯邦的毫無作為。」

「而且ECOAS有涉入在『帛琉』的戰鬥這件事才曝光不久。」

「用殲滅，這個字眼也很……當初的計畫，是要配合共和國的解體，讓一切問題和緩解決吧？在這節骨眼上要是做出那麼激烈的舉動，不是會讓宇宙軍重編計畫受阻，最後落得無人支持嗎？」

「畢斯特財團就是對這些方面看得十分透徹，所以才能隨心所欲操控參謀本部。在這關頭，乾脆放棄去確保『盒子』，就試著交給他們處理如何？畢竟『盒子』要是開啟了，也會掐住財團的喉頭啊。」

「可是，羅南議長說現在正是打擊他們的好機會也沒有錯。那些人正在鬧家庭紛爭，連繼任的領袖都還沒有正式決定吧？」

「你講得可輕鬆，要是新吉翁就這樣被打垮了，你們黨團會第一個要求再次審視重編計畫吧？」

「嚷著造一架MS要花的錢，可以蓋很多間老人安養院是嗎。」

「這已經是在野第一大黨的反射動作，跟前面的話題是兩回事啦。」

這露骨的說法，讓疲倦的失笑漣漪在委員室擴散開來。羅南一拳重重打在桌子上，抵銷了那令人不悅的震動。

「各位，我希望你們認識到這事件的重要性。」

收起笑容，沉默下來的全體成員目光往議長集中。用另外一隻手護著隱隱作痛的拳頭，羅南隔著香菸的煙霧回看那許多人的目光。

「我們一直守護著『盒子』的祕密。評議會的存在意義，以及這股可以裁量宇宙移民政策的權限，一切都繫於這個之上。在因為維護『盒子』的祕密而相對地得到力量的這一點來說，我們跟畢斯特財團可說是一丘之貉。」

不讓別人有空檔可以反駁，羅南站起身來。掛在牆壁上的歷代評議長照片一映入視野，羅南便馬上撇開頭，平靜地接著說：「我有時候會思量……」

「如果一年戰爭開始之前，吉翁逐漸蓬勃發展的時候，我便已經就任現職的話，我會怎麼做呢?會為了防止吉翁的暴亂，而公開『盒子』中所約定的未來嗎?」

坐在圓桌旁的所有人不禁打了個冷顫，並且似乎很尷尬地別開了原先朝向自己的目光。羅南看向持續投注永恆不變視線的歷代評議長照片，與其中早已過世的父親眼神短暫交會。

「當然，答案是NO。」他自答道，並垂下了目光。

「我們的父親、先進也有一樣的想法。為了守護從父祖輩繼承下來的聯邦體制，而貫徹了緘默。結果，發生了一年戰爭。不管說什麼『吉翁的奇襲不可能預測到』，或是『這些事都是在自己知道「盒子」的存在之前發生的』，這些都算不上藉口。明明只要想防範，或許有可能防止得了，然而評議會卻坐視半數的人類被殺死，根本與吉翁同罪。」

「這個嘛……」年長的議員帶著苦笑開口。「可別說你沒想過這些。」壓下了對方的話語，羅南慢慢地沿圓桌外圍走著。

「而把這些遺產完全繼承下來的我們，也無法免除這些罪名。這是必須永遠背負的罪孽，甚至不允許我們帶進墓穴之中。只要地球聯邦存續的一天，我們就必須讓子孫們繼承這染滿鮮血的祕密。」

在夕陽照映的辦公室中，利迪那聽到一切真相的表情劃過羅南的眼底。眼前這些將手肘靠在桌上低著頭的人、靠在椅背上看向虛空的人，每個都為人子女，同時也為人父母。羅南環顧這些男男女女的臉孔，「這不是可以交給別人做的事情。」他繼續說，並且將記憶中的臉孔拋在腦後。

「如果可以趁這次機會得到『盒子』，並且完全將它葬送掉是最好。可是，更重要的是維持現況。不能讓任何人接近『盒子』。這不是顧慮黨利黨策的時候，更別說是個人的問題了。賭上在一年戰爭死去的數十億條人命，我們有堅守這個祕密的義務。」

繞了圓桌一圈，他將手放到再次出現在眼前的議長席椅子上。「我希望思考過以上事項之後，接下來的討論能夠有成果。」羅南作了歸納，並且讓更加沉重的身軀沒入席位之中。

沒有人想彼此對上目光，也沒有人想開口。雖然話是這麼說，可是政黨的考量，以及支撐著自己議席那些有形無形的力量，卻無法忽視。想到不必然與死守「盒子」是利益一致的各自境況，再與眼前的現實對照之後，結果只是讓疲倦的氣息隨著煙霧不斷吐出，沉默的時光持續著。此時，約翰‧鮑爾獨自抬起頭來，說出他今天第一次的發言：「我可以理解羅南議長的擔憂。」無意把他的話照單全收，羅南用警戒的眼光盯著這位老交情的議員。

「可是，我們能夠坐上這評議會的末席，也是來自選民的支持。要是做出無視支援團體意向的舉動，也就無法去完成議長所說的義務了。在這關頭，先冷靜地判斷——」

「在我們冷靜地判斷之際，要是新吉翁得到了『盒子』怎麼辦？你認為可以用政治手段讓夏亞再世崩盤嗎？謠傳那男人可是與共和國有連繫啊。」

「就是這一點。背後有共和國撐腰的話，就還有交涉的餘地在。比如延後自治權歸還的期限之類的……」

「得到『盒子』的他們，如果要求變得更過分的話呢？靠戰爭特需去固票是沒關係，可是我不能允許一年戰爭因此重現。」

「您太急著下結論了。不管有沒有得到『盒子』，吉翁的命運都已經有如風中殘燭。雖然這樣講很失禮，不過羅南議長會不會有點被害妄想的傾向？您似乎對『盒子』的存在過度評價了。」

鮑爾毫無表情地說著，周圍有數名議員露出此言深得我心的表情往羅南看去。預料之外的言語令羅南呆若木雞，甚至懷疑這是不是現實中的話語，他無話可說地回看鮑爾的臉孔。

雖然只是以亞納海姆電子公司為票倉的國防系議員之首，最害怕宇宙軍重編計畫受挫的逐利之徒所說出的戲言，但是沒想到他偏偏說這些是被害妄想。他把這百年來的緊箍咒與犧牲，都當作妄想所造成的結果嗎？他是說，「盒子」不管有沒有開啟，世界都不會改變，一年戰爭的悲劇無論如何都無法避免；是我們在敬畏沒有價值的東西，拿來威脅不知道其真面目的人，並且毫無作為，只是賣弄權勢嗎？

不可能。在立刻斷定的同時，羅南卻又浮現也許就是這麼一回事的思緒，讓他暫時嚐到了被懸在半空中的滋味。對於鮑爾這樣的男子——名為大眾，那頑強而無法捉摸、沒有定見的團塊而言，也許就是這麼一回事。刻在「盒子」的文句只不過是一串文字，它本身沒有改變世界的力量。必須要有會對「應有的未來」有反應的人心，「盒子」才會發揮它足以顛覆現行體制的魔力。即使這些自己都懂，卻還是不斷地畏懼著「盒子」，是因為自己是與它有關的馬瑟納斯家直系人員，還是因為自己的內心深處仍然留有夢想著「應有的未來」的青澀？羅南無法斷定是哪一方，只是用僵硬的面具看著正面。此時他發現，在視線的邊緣，房間門被打開了。

直到會議結束之前，房門是嚴禁開閉的。羅南與驚訝地轉過頭的所有人一起看向房門口。看到了穿越了警衛打開的門，毫無顧忌地進入室內的女人臉孔，他感覺到嚥下的氣息哽在喉頭。

「打擾各位開會了。」

用一句話掃除刺在她身上的許多眼神，瑪莎·畢斯特·卡拜因向自己走來。為什麼，這女人會在這裡？羅南瞪著站在門口的警衛，接著看向入室的將官制服，再次嚥了一口氣。三顆大上一圈的階級星，在他的肩上反射著光芒。羅南在議場不只一次見過這位用官威壓下警衛而進門的將官。這張臉孔，是在統領聯邦全軍的最高幕僚會議擔任議長的男人。

即使是連參謀本部都歸其指揮的全軍之首，要進入這間房間也需要莫大的勇氣。看著表情僵硬的將軍，羅南確定這男人也是與財團利益掛勾的一丘之貉，接著將視線移回走到議長席旁的瑪莎身上。這應該是他們第一次直接面對面，然而羅南卻不這麼覺得。感覺就好像彼此牽扯到軍方進行交涉之際，一直都看得到這張臉孔。也許對方也有同樣感受，瑪莎淡淡地微笑，瞳孔中浮現一絲親近感，並將她的臉靠近羅南的耳旁。充滿室內的菸臭味遠去，隨之而來的是香水的刺鼻香味在鼻腔縈繞。

「我有急事要說，羅南議長。可以借一步說話嗎？」

「不好意思，我們也正在討論緊急議題。有話就在這談，請長話短說。」

目光沒有從一直窺視著自己的評議員們身上移開，羅南用毫不壓低的音量回答她。羅南內心有股強迫概念，覺得要是此時被她掌握主導權，會讓所有人有可趁之機。瑪莎用彷彿事前就知道的表情笑著，她再次低語：「你也了解吧？」

「跟這些人談也沒有用。『盒子』是我們的家庭問題，我們得靠自己解決。」

強壓住幾乎要挑起的眉毛，羅南目光瞪著瑪莎不放。瞇起彷彿看到了會議經過的眼睛，

「我有祕藏的解決手段。」瑪莎不留空檔接著說道。

「只要議長肯允諾的話，這計畫馬上可以實行。你有興趣嗎？」

「……明知故問，這不是淑女該做的事啊。」

「女性總是想確認清楚。特別是沒有時間的時候。」

她嫣然地說，可是目光的深處卻有著被逼急的緊張感。瑪莎也在焦急。就想防止「盒子」

開啟這一點來說，沒有人比她更能和自己一樣體認到這股危機感。鼻子重重地呼出一口氣，羅南環顧了眼前三十多張找機會抓人把柄的臉孔後，藉這個機會從議長席站起身來。

「我馬上回來。」他跟身旁的副議長說，心裡卻很清楚自己不會再回來了。跟在先行的瑪莎身後，羅南也走出委員室。感覺到祕藏的解決手段這個詞放出冷酷的氣息，讓自己的肌膚起雞皮疙瘩的同時，他也穿過了房間門口。比起評議員們的冷漠視線，歷代議長照片所傳來的不安眼神，更令他背脊隱隱作痛。

※

主螢幕上投影出的三次元航海圖中，從下往上延伸的箭頭狀光標畫出一條直線，並且與從左邊深處推進的箭頭相交，交叉點發出紅色的光芒閃爍著，旁邊顯示出交會預測時間與最近距離的數值。

「這是從SIDE6出發的坦尼森艦隊預測航路。六個小時之前我們才用雷射通訊聯絡過，所以艦數不會有錯。」

布拉特・史克爾說道。既然五小時前才占據「擬・阿卡馬」，並且打算與該艦隊會合的男人這麼說，就沒有比這更確實的預測了。奧特・米塔斯從艦長席上起身，並且仔細地看著有許多光標閃爍的螢幕。蕾亞姆・巴林尼亞等其他艦橋成員也屏住氣息，凝視著擋在航道上的敵方艦隊陣容。

「姆薩卡級輕巡艦九艘，還有大大小小混在一起的偽裝貨船六艘。可說是毫無保留的總攻擊。這樣繼續直行的話，會在暗礁宙域前正面對上。接觸時間是上午八點十七分……剩不到三小時啊。」

布拉特看著手錶說道，接著目光往自己看過來。奧特避開他詢問「你是認真的嗎」的眼神，質問偵測長：「伏朗托隊的動向呢？」偵測長操作起之前讓給布拉特的操控台：

「依照光學感測器得到的最終觀測結果判斷，他們是採取與艦隊會合的路線。從使用的輔助飛行系統（SFS）的續航力看來，我不認為他們會直接前往『工業七號』。」

「伏朗托隊的母艦『留露拉』呢？」

「在感測圈外。雖然不清楚伏朗托隊是在哪個宙域被射出的，不過從SFS外掛的燃料箱容量看來，推測與本艦距離有八萬公里吧。從這距離以最大戰速前進，要與本艦接觸也還要花上半天。」

「聽說『留露拉』帶著兩艘護衛的姆薩卡級。也許不打算與坦尼森艦隊會合，而是直接前往『工業七號』。這樣的話，伏朗托就能以『留露拉』作為基地找尋『盒子』。」

布拉特接著說。看著他說話口氣已經完全站在我方的側臉，奧特心中想到「這人比外表看起來的還要年輕啊」這些無關緊要的事，「副長，妳怎麼看？」他轉身看向背後。蕾亞姆手扶在負傷的肩膀上，毫不遲疑地回答：「很有可能。」

「在艦隊接受補給之後，隻身往『工業七號』移動。雖然有一時之間孤立的風險，不過卻是讓戰力不用分散的高招。如果是那男人也會這麼做吧。」

「這樣的話，我們就得對上這一整支大艦隊了。」

艦長統整概況的一句話，讓沉寂的氣氛降臨在艦橋之中。離開崩潰的「L1匯合點」，開始前往暗礁宙域之後已經超過五小時。為了要拘捕留在艦內的吉翁共和國兵以及各部位的復舊作業，原本忙到沒空去思考的事，到現在壓力一口氣襲來。被極度睡眠不足所造成的異常清醒感纏繞著，奧特仰望映在螢幕上的光標群。相對於殘彈與艦載機都所剩無幾、負傷的「擬·阿卡馬」，敵艦的數量卻有十五艘。不用旁人提醒，他也知道這實在太瘋狂了。「隆德·貝爾的增援……應該沒得指望吧。」蕾亞姆不經意的一句話，帶著令人發出嘆息的沉重感在奧特耳邊響起。

「是啊，我們是全軍的搜捕對象。布萊特司令又在調職中，沒有可以講得通的人。一弄不好，還有受攻擊的可能性。」

「可是我們知道了『盒子』的位置。只要報告說有被新吉翁奪取的危險性，那麼隆德．貝爾不就可以依照獨自的判斷行動嗎？」

坐在通訊席上的美尋．奧伊瓦肯少尉說道。她堅強的眼神訴求著這麼說的必須性，讓奧特啞口無言，此時蕾亞姆先回答了：「沒有用的。」

「不知道『盒子』的真面目的話，沒有方法可以證明它的危險性。要隆德．貝爾行動，也得等到我們確認『盒子』的內容之後了。」

「怎麼可以……！這樣的話──」

「也沒有餘暇讓我們繞路避開敵人的伏擊了。要是我們不盡早抵達『工業七號』，就會被伏朗托搶先一步。」

用不允許一切樂觀想法的聲音說著，蕾亞姆將視線轉向艦長席。奧特回望她透露放手一搏的決心的雙眼，向布拉特問道：「預料中的MS數量有多少？」

「姆薩卡級的搭載數最大六架。偽裝船各自不同，不過大概可以算成一艘三架左右。」

「也就是說……」仰望螢幕，似乎在心算的偵測長臉色逐漸發白。「……七十二架。」

「我方能夠出動的，只有『里歇爾』與『完全型傑鋼』，還有『獨角獸』。敵我戰力差是二十四比一……」

蕾亞姆低語著。奧特感覺到絕望的寒意從腳底竄升，讓全體為之凍結的氣氛。「不，是十二比一。」他說道，並離開了艦長席。

「還可以再出動三架。」

鞋底的電磁著地，他回看呆住的所有人臉孔。「……是指『刹帝利』嗎？」蕾亞姆代表所有人問道，奧特用目光加以肯定。

「還有兩架呢？ECOAS的『洛特』不能算進去，它們只能代替砲台。」

奧特背對繼續質疑的蕾亞姆，望向布拉特。正面看著他似乎已經查覺的臉孔，對他再走近了一步，奧特問道：「能幫忙嗎？」在臉頰微微痙攣的布拉特身後，美尋似乎吞下了某些話並別過頭去。

「你們的『吉拉．祖魯』還健在。雖然有一架失去單手，不過還能夠接下單艦防禦的任務吧。」

「……這樣好嗎？常有人說背叛過一次的傢伙，會一再背叛呢！」

低下側著的臉，布拉特帶著苦笑回答。看著他毫無笑意的眼神，奧特也低下頭，「我不會強迫你們。」他說道，並伸手碰觸制服帽子。

「馬上我們就會放出載離共和國軍的小艇。你們可以一起搭乘，離開這艘船。任憑你們選擇。」

布拉特睜大迴避的眼睛，有如被將了一軍般抬起頭來。奧特沒有看他，轉身看向蕾亞姆等人，用響徹艦橋的聲音說道：「其他所有人也是。」

「之前，我說過沒有必要為了這種蠢事一起陪葬，這份心情至今仍然是一樣的。想離艦的人，我會出借小艇，儘管開口不用客氣。在這一帶的宙域，應該馬上就會有船隻接到求救訊號了吧。」

坐在前方操控台前的航海長與砲雷長，無言地隔過蕾亞姆的肩膀往奧特看去。不想再失去任何人。怎麼可以再失去任何一個人？壓下心中湧現的真心話，「但是要留下來的人，請做好覺悟。」奧特繼續說道，並且一個一個看向在場所有人的目光。

「這裡只有我們在。要不要行動，或者這是不是正確的抉擇，都得由我們自己去下判斷。每個人用自己的頭腦思考，並自己決定。我不追究你們身為軍人的責任，該負起的責任，應該都在你們每一個人的心中。」

目光毫不動搖地看過來的人，陷入迷茫般低下頭的人。確認了每一個人的反應，奧特最後看向美尋。「通知全艦，希望離艦的人二十分鐘內在著艦甲板集合。」奧特說完，那嬌小的身軀慌張地回答「是……是的」並再度轉向操控台。脫下帽子，讓風吹向火熱的腦門，奧特不再注對上何人的眼神，向前方的窗戶走去。

距離暗礁宙域還很遠。沒有任何交錯而過的宇宙殘骸，「擬．阿卡馬」的周圍只有無邊的虛空擴展著。顛覆世界的「拉普拉斯之盒」、夏亞再世、開啟「盒子」的鑰匙「獨角獸鋼彈」——反芻著這些一個月前與他無緣的事情，心想著真是奇妙，奧特看向遠方的群星。妻子的臉孔在腦海中浮現，不過並沒有帶給他想像中的感傷，只有「退休金泡湯了吧」這句自嘲的聲音在心底掠過。

※

艦尾著艦甲板，就有如字面意思一般，是艦載機回艦時所使用的單方通行入口，不過也有小艇起降甲板的機能。雖然內裝及與外觀都與彈射甲板沒有太大差異，不過四架舊式的小艇在挑高極高的甲板兩端停留的景象，卻有著與ＭＳ甲板異質的機庫氣氛。

現在，那群小艇中的兩架被拉到中央的停機坪上，身著濃綠色太空裝的一行人正陸續搭上小艇。雖然是在無重力之下，不過那團三十餘人的男子們腳步卻很沉重。看起來就彷彿他們的身軀，隨著鞋底電磁吸住地板的每一步逐漸縮小。小艇的周圍站有扛著無後座力步槍的警衛，用監視的目光盯著搭上小艇的一行人，不過任何人都看得出來，他們不會再有任何行動了。

他們——吉翁共和國的士兵們，敗北了。失去母艦、失去同伴，正要分乘兩艘小艇被丟進宇宙之中。不敢說自己能理解軍人的氣概，他們的理念究竟如何也在自己想像之外，不過所有人那彷彿正在漂流的表情讓他多少感到一股親近感。巴納吉．林克斯看著那群大部分都是二十多歲士兵們的側臉。「脫節」……用一句話表達他們的心理狀態的話，大概就是這樣吧。無法與眼前的現實妥協，明明身在此處，卻有無窮的疏離感——

「水與糧食，已經算進漂流中的ＭＳ駕駛員們的份。離開艦艇之後，請先去救助他們。因為『Ｌ１匯合點』崩潰，軍方與媒體也應該開始有動作了。馬上會有船隻救起你們吧。」

面對擔任共和國兵代表的中尉，奧黛莉．伯恩說道。雖然豪華的斗篷已經脫掉了，不過她仍然身著新吉翁正裝的樣子，一定也是讓共和國兵感到「脫節」的因素之一。巴納吉與康洛伊．哈根森以及賈爾．張等，名義上是送行，臉上卻帶著不安之色的男人們，一起注視著奧黛莉的背影。「是……」垂著視線回應的中尉，一瞬間回望了對他們來說獨一無二的女王米妮瓦．薩比的眼神，之後用不知所措的表情環顧了周圍。

「……這艘船上的乘員，沒有人離艦呢。」

從播送募集希望離艦者的全艦廣播之後，已經過了快三十分。看著除了自己一行人外，沒有其他人要離開的著艦甲板後，中尉的目光移回奧黛莉身上。「為什麼？」他用苦惱的聲音問著。

「單艦挑戰『帶袖的』的主力艦隊，這根本是自殺行為。你們為什麼……你們相信著什麼？夏亞再世所述說的SIDE共榮圈構想，會帶給宇宙居民全新的未來。然而身為吉翁公主的您，為何要否定這構想——」

「我並沒有否定。如果真有這樣的信念的話，那麼試著將它在這個世界推行也無妨。只是，如果是受到『拉普拉斯之盒』這樣的力量所擔保而獨善其身，我是無法認同的。」

站在甲板上的身體一動也不動，奧黛莉靜靜地回答著。中尉雖然在滯留者之中是最上級幹部，不過年紀也還只算是青年。巴納吉看到他的臉孔突然扭曲，嘴巴不停地顫動，卻是啞口無言。

「世界是會改變的，也不得不去改變。所以，當改變之際，有必要變得更加謹慎。只因為有所不滿而想去改變，那就跟在黑暗之中哭泣的孩童沒有兩樣。必須要好好地睜開雙眼，自己走向有光芒的方向……做到了這一點，還想將自己所看到的光芒擴展到全世界的話，那時候才需要鼓起勇氣去行動。」

奧黛莉的話語非常明確。沒錯，如果對這個世界感到「脫節」，而期望有改變的話，那麼就不能恐懼自己的改變。深深地刻印著這一個多月間變化的胸口，與她的話共鳴，巴納吉輕輕地握起血氣直通到指尖的手掌，並且下定決心不再迷茫，看向正面。「您說，要先改變自己……？」對回問的中尉點頭，「這是我個人的想法。」奧黛莉露出笑容。

「即便是這艘船上的乘員，也有各自不同的想法。不過，只有一點，是我們共同相信的。」

「那是……？」

「我們不會死，也不會敗。因為可能性的靈獸，會保護著我們。」

「可能性的……靈獸……」複誦的同時，中尉的視線似乎想到什麼似地看過來。巴納吉不自覺地縮起下顎，端正了姿勢。看著巴納吉從昨晚穿到現在的駕駛服裝，中尉的臉無力地垂下，「是我們錯了嗎……」他用幾乎消失的聲音說著。

「那不是我能決定的。視接下來的戰鬥結果，吉翁共和國的走向也會大幅度地改變吧。不過，不管結果如何，支持著國家的是你們。不要再因別人的話語而迷失了，包括我的話在內。」

低著頭、緊咬住嘴唇的中尉，馬上打直腰桿看著奧黛莉的臉。正覺得他帶著些許溼潤的眼珠反射著甲板上的光芒時，他的腳踝發出跺步聲並攏，端正的舉手敬禮動作筆直地站立在甲板之上。

「果然您才是我們的女王。」

沒有等候答禮，他回過身，往部下們所搭乘的小艇走去。接下來要回國的他們，所要迎接的必定是嚴酷的命運。會受軍法審判是一定的，更糟的話還有遭到國防部長為了想隱瞞他與新吉翁之間的關聯而下手，進一步被封口的可能性。不過這樣的預測，都無法嚇住現在這一瞬間的中尉吧。目送了腳步踏實地遠去的中尉，獨自決然地站著的奧黛莉背影，深深地映在巴納吉的眼中。他沒有去多說什麼，離開了現場。

穿越著艦甲板的氣密閘，前往隔牆另一邊的機庫區域。可能性的靈獸，「獨角獸」。現在自己能夠做的事，只有讓它做好萬全的準備。巴納吉似乎感覺到流動在艦內模糊的熱氣清晰起來，並重新注入自己的身心。被這種感覺所驅使，巴納吉漂出到機庫區域的空間中。

大大小小的貨櫃沿著隔牆固定著，除了艦上備用品之外，這裡還成了從「葛蘭雪」搬來的物資囤放區，現在整備兵全員出動，正在進行搬運作業。在起重機的作動音與警笛聲交錯之中，運貨機放下光束格林機槍的黑色筒身，「好，可以了！」熟悉的聲音混在金屬音之中。巴納吉蹬了一腳地板往那方向漂去，「拓也！」他大聲喊著。「喔！」拓也．伊禮舉起手，抓住差點漂過頭的巴納吉腳部，並用熟練的動作將運貨機的搬運台拉了過來。

「重裝甲計畫，行得通嗎？」

「現在正讓艾隆先生做最後的解析中，不用擔心啦。會趕上決戰的。」

用老練整備兵的面孔露出笑容沒多久，「固定怎麼樣!?」拓也聽到傳來的吼聲後聳聳肩膀，「準備好了！」他用全身發出咆哮。「出去囉！」載著六挺光束格林機槍的運貨機隨著叫聲一同啟動，說道「你先休息吧」的拓也背影也隨著遠去。沿著地板軌道移動的運貨機，正前往隔牆上鐵捲門開放著的巨大閘口，對面是還留有火災過後，燒痕鮮明的MS甲板寬廣的空間。搬運的光束格林機槍，應該會依照拓也所想的武裝強化案裝備在「獨角獸」上，以構成「重裝甲獨角獸」不可或缺的配備之一發揮它的功用。

原本這是堆載在「葛蘭雪」上的新吉翁製火器。與「獨角獸」的相容性之高，這點已經在至今的戰鬥中證實了，不過同時啟動多挺時卻不知道會不會發生問題。現在不是休息的時候，巴納吉正打算追著運貨機前往MS甲板，不過上方傳來的一句「照他說的，去休息吧」讓他抬起頭往上看。是瑪莉妲小姐，在他出聲之前，那穿著駕駛服的輕盈身軀便充滿了他的視野，浮在空中的身體慢慢地降在地板上。

「我了解你無法冷靜，不過你是這艘艦的王牌。如果你不表現得穩重一些，大家都會跟著產生不安。」

支撐著腳沒踏到地板的巴納吉，她毫不移開對上的眼神說著。那聲音與態度，無疑就是曾經一度共享心靈的瑪莉妲．庫魯斯。被抓住的肩膀通過電流，身體無條件地鬆懈了下來；這是因為心中還留有那時候的感觸而騷動，還是肉體毫無節操的生理現象？聞到她與奧黛莉不同種的甘甜體味，感覺到難為情而移開目光的巴納吉，勉強擠出一句話：「怎麼會，瑪莉妲小姐妳才是……」瑪莉妲露出一絲微笑：

「現在的『剎帝利』沒有辦法站上第一線。因為被你整得很慘。」

輕鬆地回覆的一句話，卻讓甘甜的氣氛四散了。被帶去地球、玩弄心靈、折磨身體進行非自己所願的戰鬥，直到徘徊在生死邊緣。讓她這一個月來嚐到種種痛苦的契機，一定是與暴走的「獨角獸」對戰。不只機體，瑪莉妲自己的身體也不可能處於萬全的狀況，巴納吉想到這些，用無言的神情低下頭。「開玩笑的，不要做出那種表情。」瑪莉妲苦笑著，戳戳他的額頭。

「我當你的後衛。先鋒要有的是體力與氣力。只有三十分鐘也好，去睡一下吧。」

「好的……那個，瑪莉妲小姐，妳跟船長說過話了？」

會突然說出這句話，也許是因為在意她難得如此多話。正要離去的背影震了一下，瑪莉妲稍微回過頭來，「他還在拘留室？」她用好不容易才能聽清楚的音量問著。一邊點頭，巴納吉想到自己也被他躲著。

「你去跟他說話吧。」

仍然背對著自己，瑪莉妲幽幽地說著。「可是……」巴納吉回答的聲音充滿疑惑，「我想這樣比較好。」望向遠處的側臉，發出壓下巴納吉意見的聲音。

「有些話，要同樣身為男人，才好說出口吧？」

用不期待答案的聲音說完，那蹬離地板的背影逐漸遠去。瑪莉妲抓住正好從頭上經過的光束格林機槍，與整備兵開始說些什麼。不再看著瑪莉妲，巴納吉看向設在右舷部隔牆上的氣閘門。想到前往重力區域中拘留室的路途，讓他心情一下變得沉重，產生著地的鞋底抬不起來的錯覺。

一下電梯，從艦尾方向就傳來微弱的震動音，讓成為低重力俘虜的身體微微震動。是共和國兵們所搭乘的小艇離艦了吧。重力區恢復一片寧靜，除了讓離心重力產生的圓筒的迴轉音以外，什麼都聽不見。感覺到每走一步身體就更加沉重，巴納吉走過留有些許硝煙味的通道。在呈現緩緩弧度的圓弧型走廊前進三十公尺後，就是他目標的房間。

沒有人命令他進去，連鎖都沒上，他卻不肯出來。自己進去、自己關上鐵門、不與任何人交流，保持沉默。站在跟其他拘留室一樣，遮蔽裡面人類氣息的鐵門前，想透過窺視用的鐵窗窺視裡面狀況的巴納吉，因為發現自己感到膽怯而皺起眉頭。他深呼吸一口氣，形式上敲了門之後，不待回應便推開了鐵門。

拘留室牆壁全部貼著防止自殘用的墊子，為了省電而總是昏昏暗暗的。靠在牆壁上，好像在發呆般坐著的斯貝洛亞・辛尼曼，就有如拿到昏暗中的一塊影子。就算被門口照進來的光所照射著，他仍然一動也不動，只用轉動的眼神回看巴納吉。在下腹部使力，將幾乎要被那氣魄推出去的身體穩住，巴納吉站在門口緊緊盯著辛尼曼的黑色瞳孔。

「脫出用的小艇，已經離開了。」

張開的口中流露出預定之外的言語後，巴納吉一時陷入沉默。在眨了兩三次眼睛之後，辛尼曼似乎不感興趣地低下了頭。

「要是想留在這裡的話，就上來艦橋吧。馬上就要與新吉翁艦隊接觸了。你知道內部狀況，多少可以給點建議吧？」

明明不是來講這種話的。巴納吉被隔閡似乎越說越深的焦慮所驅使，抓住了開啟的鐵門邊，無法下定決心踏進室內，只有留在門口。他的目光從一言不發的辛尼曼離開，看向自己腳邊伸長的影子。艦內廣播好像告知了些什麼，但是他的心中沒有餘裕去仔細聽內容。

「瑪莉妲小姐與布拉特先生他們都來幫忙了，只有船長你卻躲在這種地方——」

「我已經不是船長了。」

話被沙啞的聲音打斷，巴納吉抬起頭來。辛尼曼看著牆壁，眼白浮現在昏暗之中，卻又馬上被閉起的眼皮消去那光芒。

「船已經沉了。下命令的傢伙也消失了。曾經是部下的人們，都各自在靠自己的判斷行動。」

「這樣的話，你又是什麼!?」

不由自主地吼出來的聲音傳到牆壁的墊子上，沒有迴響地被吸進地板而消失。把臉從像屍體般一動也不動的辛尼曼身上別開，巴納吉的目光逃向門口旁邊的昏暗之中。

「我也想認定我們沒有關係了……！可是沒辦法，對我來說你仍然是船長。要是抽離了船長你，現在的我也會消失。」

黑暗之中傳來身子抖動的氣息，不過他沒有心情去確認。因為有你在、我才能活下來，你的複雜告訴了我世界的實情，你的溫柔教我就算如此也要活下去。因為有太多悲傷的事，所以有人為了消去悲傷而生——那些話語深植內心，一次兩次的背叛是消不去的。抓著鐵門的指尖使力，巴納吉再次看向辛尼曼。

「你放瑪莉妲自由，並且拯救了奧黛莉不是嗎？其他的事，是另外一回事。你為什麼要這樣——」

「要從之前所在的場所跨出一步，沒有那麼容易。是要代價的。」

打斷他的話，辛尼曼稍微抬起頭來。巴納吉噤聲看著他的側臉。

「不管是這艘船的人、『葛蘭雪』的人……公主，還有你也一樣。大家都付出了代價。安定的生活、身為軍人的地位、至今支撐著自己的信念與自尊。其中也有人甚至付出了生命吧。」

塔克薩·馬克爾中校的臉孔掠過腦海，達卡戰場上聽到的羅妮·賈維聲音從耳邊拂過。不去害怕改變，用跨出一步的勇氣來拯救自己的所有生命——辛尼曼粗糙的手掌相握，「我所付出的，是全部。」他用沙啞的聲音說道。

「責任、怨恨，我把形成自己的一切都拋棄了。現在剩下的，只有空殼。我已經沒有力氣去負起什麼責任了，去告訴賈爾。」

「告訴賈爾先生……？」

「叫你來跟我說話的，就是他吧？」

「不是，是瑪莉妲小姐說的。問我能不能來跟船長你講話。」

露出動搖而睜大的眼睛，在黑暗底部淡淡地發光。「瑪莉妲嗎……」聽著他低語的聲音，看著隨後就沒有動作的辛尼曼，巴納吉深刻地感受到，自己連這道門都無法跨越過去。

「為了改變，而逐漸失去什麼……」他不自覺地在口中重覆著，最後再一次直視著凝結的昏暗之中。辛尼曼什麼都不說，也沒有抬起頭來。

「不過，相對地也有得到的東西，不是嗎？」

沒有更多話語可說，他從門口退了一步。「這道門我就開著了。」丟下這句話，巴納吉離開了拘留室。帶著每一步都有無力感在擴散的心，他往電梯方向走回去。開著的門，持續在無人的通道上拉出淡淡的影子。

伸手要去按電梯按鈕的同時，電梯門打開了。反射性地退了一步，與獨自站在電梯中的奧黛莉四目交會，出乎意料之外的狀況讓巴納吉的身體愣住了。

「……怎麼樣？」

她大概察覺自己在這裡的理由了，奧黛莉簡短的問題戳中了不平靜的內心，巴納吉沒有開口，搖搖頭。「是嗎……」低語中混著嘆息，稍微低下頭的奧黛莉離開電梯。沒有隨後進入電梯，巴納吉留在沒有人煙的通道上，聽著電梯門發出意外大的聲響關上。

「我剛才跟布拉特談過。庫瓦尼與艾邦的『吉拉．祖魯』也可以出動。這樣子MS的數量就有六架。」

隨著電梯聲響的餘波，奧黛莉開口說道。聲音趕走了沉悶的氣氛，「雖然就算這樣，敵我兵力差好像還是十二比一。」她繼續講著的面容帶著暗淡，讓回答「謝謝幫忙」的巴納吉聲音也變得不自然。

「我會對新吉翁艦隊喊話到開戰前一刻。也許會沒有用，不過奧特艦長也答應了。他說既然得拉弓對著同胞，那麼為了葛蘭雪隊，這麼做也比較好。」

「不會沒有用的。妳的話語帶有力量。像昨晚的演講，或是剛才跟吉翁共和國的人說的話……我沒有辦法像妳那樣子去推動人心。」

連區區的船長一個人，我都沒辦法讓他回頭。隨著覆滿心中的無力感，巴納吉背向面露訝異神情的奧黛莉，目光落到手中那滿是灰燼的手套上。

這雙手能做到的事有限，沒有辦法。如果一切，都是從救出在殖民衛星空中盤旋的奧黛莉那時候開始，那麼一定也有結束的時候——

「所以，我要化為妳的盾。不管事情如何發展，我都會將妳送到『拉普拉斯之盒』。我想，那大概就是『盒子』的鑰匙……我與『獨角獸』所背負的任務。」

「巴納吉……」

「要是覺得『盒子』有那種價值，那麼我希望用妳的話語去傳達真相。要是會帶來災難的東西，那麼毀了它也沒關係。我只能做到這些——」

「做不到。」

冰冷的語氣從背後刺穿胸口，讓自己失去接下來的話語。巴納吉閉上口，視線越過肩膀捕捉到奧黛莉的臉孔。

「我一個人，做不到……」

那有如在瞪著巴納吉而瞇起的眼睛，是濕潤的。想呼喚奧黛莉的聲音哽住了喉嚨，巴納吉慌張地轉身望向她，同時胸口被奧黛莉突然舉起的右手給揪住。

指甲刺在駕駛服的衣料上，抓緊的指尖傳來震動，就像是一直被壓抑到極限的情感在這瞬間終於潰堤了，那讓自己身體共振的震動刺進心頭，巴納吉不由得回看了奧黛莉的臉孔。

「若只有自己一個人，我會連話也說不出來。如果沒有相信我、與我共鳴……支持著我的人，那麼什麼也……」

翡翠色的瞳孔垂下，飾有金色立體繡飾的肩膀微微地顫抖著。沒有任何確切證據能夠支持她。如果沒有自己這軀幹提供互相接觸的熱情、互相支持的體溫的話，她沒辦法像這樣僅靠腳尖支撐站著——自己差點把一切全部丟在她一個人身上，這份理解伴隨著銳利的痛覺貫穿全身，巴納吉突然把自己的手疊在奧黛莉的手上。抓住她傾倒的細弱肩膀，一口氣將她拉了進來，並用兩手緊緊地抱住她彷彿會斷掉的瘦小身軀。

「……跟我約定好，一定會回來，不要讓我一個人。」

奧黛莉說道。她埋在胸口的臉沒有抬起，感覺到她的氣息透過駕駛服傳來，巴納吉更加用力地抱著她，「就這麼約定。」他毫不猶豫地回答了。

「身為新人類，我真是不及格……要是沒有提醒的話，我都快忘了妳是奧黛莉了。」

「在大家面前，那樣子就好。但是只有這一刻……」

從穿過了硝煙與光束的臭氧味，那小小的頭頂中，漂出那股甘甜的髮香。你已經無法回到大家之中了——感覺到面具男的聲音在腦海中閃過，並且要帶走手臂中的熱度，巴納吉的手伸向奧黛莉的頭，像是在撫摸般地抬起了她的臉。

最後映入眼簾的，是閉上的眼瞼藏住翡翠色瞳孔，流下了淚珠。巴納吉抱住奧黛莉的肩膀，讓兩人的嘴唇碰觸。真柔軟啊——如此感覺的神經溶化，混合為一的體溫在兩人之中循環。無視走道冷清的空氣，溶合為一的身體放出熱度，以兩個人為中心，放出溫暖的力場往周圍擴張。

※

『應該說被擺了一道吧。終點是「工業七號」……而且還是「墨瓦臘泥加」。』

在以最大戰速移動中的艦內，靠中繼衛星傳送的雷射通訊座標並不安定。在反複傳送電子信件數十回之後，終於和瑪莎直接通上話，而且雜訊強到連表情都難以辨認。回應「是」的同時，亞伯特．畢斯特用眼角瞄向背後的昏暗之中。

「雷比爾將軍」的通訊室內，沒有其他人的身影。「報喪女妖」出擊後，即將經過七小時。數天前，像是融入在黑暗之中站著的利迪．馬瑟納斯，現在已經在間隔數萬公里的星海之中——

『「墨瓦臘泥加」竣工，好像是三年前的事吧，為了開發木星圈做的自航式殖民衛星建造者……會把房子移建到那邊，我還以為是為了卡帝亞斯的浪漫主義呢。』

「在移建的時候，把宗主的冰室也移動到那裡去了——我覺得這樣想比較妥當吧。又或許『墨瓦臘泥加』的建設本身，也是讓『盒子』流出的計畫一環。」

靠在椅子上，回答著不確定是在發牢騷的瑪莎，亞伯特也開始覺得這是有可能的。「墨瓦臘泥加」完成的隔年，「獨角獸」的建造計畫，也就是UC計畫開始了。精神感應框體的實用性被確認，已經不需要的測試機——「新安州」被「帶袖的」搶奪，也是同一年的事。實際上那是偽裝成海盜事件的供應，雖然策劃此事的不是別人，就是亞伯特自己，不過卡帝亞斯一定是預料到這些動作而擬定計畫，並選定了「盒子」的藏匿之處與讓渡方法。

在亞納海姆電子公司對新吉翁伸出援手，靠著「安定的緊張氣氛」堅守需要與供給的系統同時，聯邦政府內的部分勢力企圖斷絕吉翁主義，並且推動在吉翁共和國解體的節骨眼上進行軍隊重編計畫。看清了畢斯特財團與移民問題評議會各自的立場不同之處，將自己的行動偽裝成順著兩者對立的架構，並伺機而動；卡帝亞斯也許就是這樣巧妙地模糊了自己計畫的全貌。

藉著引發新的戰亂，而維持畢斯特財團與亞納海姆電子公司的權益——他的目的並不是這樣。卡帝亞斯想打開「盒子」的思維之中，有著其他目的。被分不清是否為直覺的理解度所拖累，亞伯特感受到有如被丟到未知的黑暗般的恐懼感。他將發白的臉孔再次面對通訊螢幕。『我有讓人調查過喔！』語氣帶著急躁，瑪莎粗魯地撩起金髮。

『我有出席竣工儀式，也親眼看到移建的房子了。在自己長大的家中庭院裡，居然埋著「拉普拉斯之盒」……你能想像嗎？』

「我重新檢視過『墨瓦臘泥加』中的資料了。只看構造圖的話，在房子的地下並沒有找到特別加工過的痕跡。可能是領袖直屬機構所做的隱匿工作，管理的殖民衛星公社也有可能是共謀者。」

『是公社副總裁朱斯特叔父吧。依他的個性，就算協助卡帝亞斯也沒什麼奇怪的……這樣看來，也要重新調查其他理事了。』

咬著食指，似乎在腦中排列出想踢下自己的財團理事群的瑪莎臉孔，與童話中被魔法之鏡宣告業已凋零的女王重疊。也許，已經不行了。亞伯特模糊的腦海中，浮現欠缺主詞的這句話，『你那邊的狀況呢？』聽到瑪莎的聲音，讓他連忙抬起頭來。

「這次晚了一步。『報喪女妖』雖然急速趕往現場，不過新吉翁艦隊會先接觸『擬·阿卡馬』。看事態發展的結果，應該會插手兩者間的戰鬥吧。位置上也難以讓它先前往『工業七號』。」

『讓財團的關係人士從「工業七號」撤退真是一大敗筆。要是有人留著，也許就能送進「墨瓦臘泥加」了。』

「前去修復殖民衛星的亞納海姆關係人士呢？」

『盡是與財團無關的人。就算媒體可以交給他們處理，他們也不是能夠接近「盒子」的人材……「雷比爾將軍」幾時會到？』

「還要花上八小時。現在只能交給『報喪女妖』了。」

要是知道那駕駛員是馬瑟納斯家的長子，瑪莎會有什麼樣的表情呢？突然想到這點，並且對自己心中毫無一絲波瀾感到訝異的亞伯特，再次直視著因雜訊而扭曲的瑪莎眼睛。她的眼角，細看之下可以發現與她年齡相符的縐紋。在他將這看入眼底，再次感覺到有什麼要結束了的剎那，『沒有辦法了。』低語的瑪莎眼神突然發出冷漠的光芒。

『「擬．阿卡馬」與新吉翁，都太接近「盒子」了，沒有辦法去賭不確定因素。果然得使用最後的手段了。』

「最後的手段……？」

『我與羅南議長聯絡過。今後直到事件結束為止，財團會暫時與移民問題評議會聯手。並且透過參謀本部告訴艦長，「雷比爾將軍」不要太接近「工業七號」。』

比起這突然而來的消息，在雜訊底下發光的眼神更令人發寒。這麼強的雜訊，不只是自己這邊的收訊問題。到現在才查覺瑪莎似乎也在移動中的亞伯特，領悟到她的目的地而倒抽一口氣。原本應該身在地球極東基地的瑪莎，與羅南・馬瑟納斯一起前往的地方——

「難道要用那個……!?」

看著沒有其他的推測，不自覺地從操控台上起身的亞伯特，『你也已經知道了吧。』瑪莎冷靜地說道。

『一定要阻止「盒子」流出。最壞的狀況下，就算要把「盒子」本體給消滅……』

「可是，破壞鑰匙也就算了，要是消滅了『盒子』的話……!還有叫回『報喪女妖』的時機也——」

『協力消去「盒子」這件事實，將會成為財團與聯邦之間全新共生關係的基礎。』

透過螢幕傳來的目光沒有移動，瑪莎用有如在教育孩童般的語調說著。『至於「報喪女妖」，只能當作是最低限度的犧牲者了。雖然對裡面的人偶很抱歉。』

她不帶絲毫的感情放話，取回原本魔性的眼神，在雜訊飛舞的另一端放著堅定的光芒。人偶，這詞彙與那有如玻璃般的藍色眼眸重合，亞伯特的身體從椅子上浮起，無所適從地漂浮著。「最後的手段」不會選擇消滅的對象。「盒子」還有她，都會一起從這個世界消滅。明明只差一點就能伸手碰到，自己也是為此來到這裡的——

『就先期待「報喪女妖」吧。它要是解決了「獨角獸」，我們也會有機會可以回收「盒子」。就見識看看它能做到什麼程度。』

鮮紅的嘴唇蠢動，浮現出她平常那嫣然的笑容。亞伯特感覺到狀況逐漸脫離自己的掌握之中。

※

艦橋的當班成員全部身穿重裝型太空衣，在各自的操控台上就定位，這對幼年期在戰艦之中度過的自己是習以為常的氣氛。穿越門口，米妮瓦．拉歐．薩比馬上與坐在艦長席上的奧特面對面，身著與他們同樣白色太空衣的身體，移動到了艦橋的中間部分。

「全員，就第一種戰鬥配置。」「各砲座開啟。敵艦隊第一陣，離抵達感測圈內還有T負一千兩百。」「米諾夫斯基粒子，散布戰鬥濃度。MS隊準備出發。」在這類的聲音交錯之中，奧特說著「請到這邊」並指向旁邊的司令席。在戰艦中坐上司令席，意味著身分在艦長之上。這不是可以輕易坐上的位置，米妮瓦用目光回以疑慮，不過奧特催促她坐下的視線沒有動搖。

「妳有這樣的資格，請。」

沒有裝出任何笑容。說完，他用緊繃的臉色再次看向主螢幕。「敵方第一陣，散開。」聽到偵測長的聲音，奧特回道「對方在觀查我們的動向啊。不讓我們使用超級MEGA粒子砲」，臉色已經變成了無法再搭理米妮瓦的指揮官表情。相對地蕾亞姆副長靠近，並且親切地對應：「頭盔可以掛在座位的旁邊。」照著她說的做之後，米妮瓦仰望映出三次元航海圖的螢幕。時間是標準時間上午七點五十八分。在暗礁宙域前方布陣的新吉翁艦隊光標，看起來的確開始散開了。

「現在只是顯示出用光學觀測所得到的情報。還沒有互相以雷達捕捉。砲火開啟是二十分鐘後的事。」

蕾亞姆說道。米妮瓦對這位看起來很沉穩的女性軍官點頭後，將背上的背包接合在座位上。應該帶飲用水的軟管來的，她感到遲來的後悔。

「請用這副麥克風。殿下的聲音將即時翻譯為光訊號發送。對方八成也對我們進行光學觀測，所以光訊號應該可以傳達。聲音跟圖像我們還是會一起傳送，不過這方面就不要太期待了。」

「那麼，要證明我就是我很困難吧？」

「這就看殿下怎麼說了。」在與艦橋成員應答的空檔，奧特插口說道。「妳擁有只有妳個人才有的魅力口吻。請傳達給妳的同伴們。只要像妳對我們說過的那樣，對心靈呼喚就可以了。」

米妮瓦感覺到奧特直視自己眼睛說出的話，讓美尋等艦橋成員各自點頭，並透過座椅看向自己。「我了解了。」目光堅定不移的米妮瓦，將手伸向扶手上的麥克風。緊握住那令人感覺到與無重力狀態無關，非常沉重的麥克風，她看向正面窗外，那寬廣的黑暗宇宙。

對心靈呼喚——這不是想做就做得到的，也不是可以隨便做的。她曾疑慮，促使不斷地祈願著吉翁再興的將士們，那些把自己看作是希望之星、頑固的軍人們改變心意，是背叛了雙親靈魂的行為。就算對弗爾．伏朗托所訴求的ＳＩＤＥ共榮圈構想，或許自己也只是用感情論去加以否定，並沒有可以明確否定他的論證。

可是，言語自然地洋溢出來。互相相信、互相迴響，她感覺得到在心中所鍊造的思維，化為熱量湧上喉頭。已經不能回頭了，米妮瓦在心中下結論。賭上二者合而為一的這艘艦艇將有些事物誕生的可能性，相信在背後支持、這股與壓力相似的力量，現在只需想著前進。

她感覺到自己冷靜得不可思議。是因為那溫熱掌心的主人，在這軀體中注入了力量嗎？用舌尖滋潤還留有那時觸感的嘴唇，感覺到熱量呼地穿過軀體，下一個瞬間她的頭腦與內心都放空，嘴唇接近麥克風，吐出了第一句話：

「敬告在前方展開中的新吉翁艦隊。我是米妮瓦・拉歐・薩比。」

※

『現在，我正從隸屬聯邦軍隆德・貝爾隊的「擬・阿卡馬」上送出這段通訊。我並不是以俘虜的身分被拘留，也不是被強迫向各位長官喊話。接下來所要說的，一切都是出自我自己的意志。希望大家在進入戰鬥行動之前，能先聽聽我說的話。』

奧黛莉在戰鬥著。被她的聲音環繞，心中帶著彷彿被推了一把的感覺，巴納吉化為一道箭矢飛越MS甲板的空間。

背著滿是灰燼的隔牆站著的「獨角獸」，在視線之中慢慢變大。實行了拓也所說的重裝甲計畫後的機體，一旦近在眼前，便展現出令人屏息的魄力。左右的機械臂各拿著兩挺光束格林機槍，並且各自裝有護盾。背上也懸掛著同樣有格林機槍及護盾的組合，另外還有超級火箭砲兩挺用外掛框體固定在背部背包的兩側。以幾乎要摩擦到天花板的態勢突出在雙肩上的火箭砲，也有追加武裝的架設器機能。除了三連裝的對艦飛彈發射器掛在兩側之外，還可以看到手榴彈的紅色彈頭沿著砲身成串設置著。擴大到MS尺寸的手榴彈，在小腿兩側也裝備了共計十二個，這更加強化了它全身都是武器的印象。那完全改變機體剪影的重裝備感，就有如裝備了成束的刀槍、充滿自信的古代戰士——彷彿是東洋的武者，還是武士那樣的威嚴感。

其中最大的特徵，就是為了推動由這些裝備所增加的機體質量，而裝備在背上的巨大推進器。由94式噴射座的推進器轉用而來的推進火箭，利用從該機的框體改造而來的固定具，將兩具綑在一起，長度匹敵機體高度的筒身從背後伸出，也因此機身無法納入懸架，直立在甲板中央的「獨角獸」呈現出的樣貌，說好聽一點是闔上翅膀的大天使，說難聽一點就是拖著兩條大到誇張的尾巴的魔獸。再加上手持的光束步槍、固有武裝的頭部火神砲的話，實體彈、MEGA粒子彈、飛彈等林林總總的火砲共計十七門。稱它為重裝甲不知道貼不貼切，不過它裝備有單體MS最強大的火力卻是無庸置疑的。

飛彈發射器是從「完全型傑鋼」轉用而來，手榴彈的勾子也是傑鋼型的備用品。只會用到現有的東西——看得出來這些都是如同拓也所說的。居然可以弄成……吞下差點說出口的話，巴納吉接近了拓也正埋首在內的駕駛艙門。他正在確認追加零件的接合狀況，周圍有瓊納·吉伯尼組的整備兵們正打開檢修蓋，檢查著機體與加掛配備接線的狀況。發現巴納吉，拓也擦擦被機油染黑的人中，「我說過會趕上的吧？」他挺胸說道。

「不只手上拿著的配件，背上的裝備也能夠遙控射擊。全方位毫無死角！交給我沒錯吧？」

「我沒辦法瞄那麼多準星啦。」

「可以，這傢伙搭載的意向自動擷取系統，某種程度上可以幫你控制準星。只要你感覺到敵人的殺氣，接著『獨角獸』大人就會去瞄準了。」

是迷上什麼戰記故事了嗎，看著拓也他說出殺氣這種字眼的臉孔，巴納吉發出嘆息。

「你說得容易……」正要酸他的時候，別的聲音說道「這也不完全是亂說的」，讓巴納吉抬頭看去。他看到穿著亞納海姆作業服的艾隆．泰傑夫，手扶著駕駛艙蓋往這裡降下。

「重新檢視毀滅模式發動時的資料，讓我更加確定了。精神感應框體發出的光，那果然是感應波超載的結果。是你的意志、思考波讓精神感應框體發出光輝。」

巴納吉抓住來勢太猛、差點過頭的艾隆手臂，拉回艙門前：「我的意志……？」正面回望皺著眉頭的巴納吉，「我想沒有錯。」艾隆用冷靜的聲音回答。

「前幾天，我提到過阻止阿克西斯的感應力場。與那相同的現象，就在這架『獨角獸』之中發生著。不只是單純輔助精神感應裝置，精神感應框體還充當了變換機構。將累積的感應波轉化為光，最後轉換為物理能量。當然，這是最初規格上沒有的特性，也沒有可以做機械性控制的理論。只有超載的感應波，化為可以產生物理作用的力量而放出的這項事實。這是怎麼回事，你了解嗎？

就是這架『獨角獸』的能量源，來自於你。當然，它還是需要發電機，電氣系統也正常運作著。可是，化為『鋼彈』時那股異常的力量，是從你身上發出的。可以說你是頭腦也是心臟，而『獨角獸』是以你為動力源的肉體也不為過。這已經無法用MS去介定它了，而是擴大到二十公尺高的『人類』……高大的巨人。」

雖然並不是沒有自己實際體會的部分，不過這種說法還是難以讓人接受。沒辦法收起茫然不知所措的表情，巴納吉看向拓也。大概是已經聽過了，拓也用贊同的表情點著頭，「總之，總結重點就是……」他交抱雙臂，開口說道。

「要好好地保持你的氣力。你的氣力會化為能源，讓『獨角獸』發揮出火場的怪力。禁止說什麼辦不到做不到的。去想著我做得到、我要做給人看，用毅力去硬闖，那麼『獨角獸』就會回應你……就是這樣吧，艾隆先生。」

「很遺憾地，我不得不認可這種說法。以現在的科技來說，光是做到檢驗現象並樹立假設就很拚了。光是要解析這架『獨角獸』的資料並統整，就是要花上十年、二十年的大工程。而且前提是政府肯許可，讓人研究這麼危險的東西。」

帶著苦笑說道，艾隆仰望了「獨角獸」的獨角。殘留思念，重複著奧黛莉曾經說出口的話，巴納吉也看向那戴著面罩，毫無表情的面容。在這裡存在的只不過是機械，但是如果當作它也是擴大到二十公尺高的「人類」的話，那麼許多不可思議的事都能夠解釋了。就像自己一樣，也許「獨角獸」也在成長、變化著。雖然被埋入名為新人類毀滅系統（NT-D）的本能，卻又負著要將真正的新人類引導前往「盒子」的使命——光與闇，事先便擁有相反要素的巨人。被所有關聯到的人們生命及思維所鍛鍊，習得統御光與闇的方法，在不知不覺之中逐漸找到自己該有的樣貌……

「就算是完成度不如『獨角獸』的系統，同樣的狀況也可以套用在所有裝備有精神感應框體的機體上。雖然這也是假設，不過『獨角獸』與『剎帝利』的合作順利的話，將感應力場轉用為武器的可能性也不是沒有。」

艾隆說道。巴納吉突然回神，回問：「『剎帝利』嗎？」

「當不同的機體發生共鳴現象時，精神感應框體會以駕駛員為媒介，讓收訊範圍極大化。跟『阿克西斯衝擊』是同樣的道理。兩機的精神感應框體完美共鳴的話，也許會形成可以推動小行星的『力場』，不過幾乎只是夢想。不能控制的東西無法稱為武器，你當參考聽完就算了吧。」

對於實際體驗過作用在與黑色的「獨角獸」，「報喪女妖」之間，那神祕光芒力場的自己來說，這真是鮮明的夢想。艾隆抹去嘴角的微笑，看向放在艦尾的「剎帝利」巨體。

「令人在意的，是現象發生根源的駕駛員感應波，會大幅受到心理狀況所影響。瑪莉姐中尉的情緒不安定的話，可能會把你一起帶入負面影響中。」

艾隆的最後幾句話音量明顯變小。「這點不用擔心。」立刻回答的巴納吉，避開艾隆的視線看著「剎帝利」。失去手腕的右臂裝備兩挺光束格林機槍，那四連裝的長槍身像義手垂著的樣子，比起以前有著不同的魄力。巨大的莢艙無法納入懸架，使得它一樣只能站在甲板中央。巴納吉看到似乎是瑪莉姐的駕駛服從那前方穿過，並且進入腹部的駕駛艙門。

順從心靈。昨晚的混亂之中，辛尼曼那在無線電內響起的聲音，也傳到了巴納吉耳中。解開了自己對自己的詛咒，那現在支撐她戰鬥的又是什麼呢？環顧周遭，無意識地找尋起人不可能在這的辛尼曼，巴納吉對拓也拋下一句「我馬上回來」，離開了現場。

斜角穿越奧黛莉聲音響著的甲板，抓住「剎帝利」的駕駛艙門。「瑪莉姐小姐。」巴納吉叫道。瑪莉姐對自己瞄了一眼，淡淡的聲音回問：「什麼事？」被這樣一問，突然間不知道該說些什麼。巴納吉環顧螢幕做過更換、只有內裝能夠修理的駕駛艙後，「那個，沒問題嗎？」他不得要領地問道。

「光束格林機槍原本就是開發給『剎帝利』用的裝備。同調上沒有問題。」

「不是這個，我是說身體。有沒有會痛的地方……」

現在該說的，不是這種事。似乎比開口的當事人更早查覺，瑪莉妲進行系統確認的手停下，目光再次看向自己。巴納吉將無法直視著她的臉低下。「……很抱歉。」他輕聲說道，毫無意義地緊握住駕駛艙的門口。

「我跟船長見面了，可是沒有好好對話……」

「這樣啊。」

「他一定在擔心著瑪莉妲小姐妳。他一定只是不好意思面對妳——」

「巴納吉。」

感覺好像被突然拋來的話語戳了一下額頭。隔著儀表板看著抬起頭的巴納吉，「不要想自己一個人背負一切。」瑪莉妲繼續說道。

「你不是一個人，你的背後還有我在支撐著。」

「瑪莉妲小姐……」

「我的背後也有人支撐著。就算沒有與他對話，我也很清楚。」

表情變得稍微和緩，瑪莉妲再次開始做系統檢查。「你也有要支持的背影吧，只要想著她就好了。」她回答的聲音與無線電播放中的奧黛莉聲音重合，讓心中產生新的熱忱。自己與瑪莉妲還有奧黛莉，都已經不是無根的雜草了。大家都置身於互相支持、互相聯結的圓環之中。理解到有著比血脈或出生更加強穩、可以稱為羈絆的某些事物支持著自己的立足點，巴納吉笑著回答：「了解。」原本想就這麼離開艙口，不過一個念頭讓他又抓住了門口。

「瑪莉妲小姐，妳喜歡的食物是？」

「怎麼了，突然問這個？」

她的臉不知所以然地抬起，眨動眼睛。「總有些什麼吧？」巴納吉再次問道。瑪莉妲露出認真思考的表情：「冰淇淋……吧。」第一次聽到她如此拙稚生澀的語氣。巴納吉馬上探出身子說道：「有家店很好吃，在『工業七號』。」

「等撐過這局面之後，我帶路，大家一起去吧。」

「是啊……」

「約好了喔。我一定會帶妳去的。」

困惑的臉色突然露出笑容，瑪莉妲回答：「知道了，我會期待著的。」我們也是有這樣的明天、這麼的未來，就算沒有我也要親手創造。巴納吉在心中下定決心，並說道「那麼，等會兒再見吧」便蹬離駕駛艙門。我們還有很多事要做，他在口中低喃著，並且回到全副武裝的「獨角獸」。被在甲板中迴盪的奧黛莉聲音所包覆著，白色的巨人似乎正等著主人的歸來。

『並不能說哪一邊才是正確的。只有其中一方的話，我們是不完全的。我知道了宇宙居民與地球居民，是有如鏡子的兩邊一般相對的存在……』

※

「就算其中一方征服了另一方，也無法解決問題。互相築起高牆，無視對方就好的思維也不正確。請不要害怕改變，經過一年戰爭以來的試練，也許我們終於得到了前進的機會。如果你們相信宇宙、地球以及人類良善的未來的話，那麼希望你們能夠放我們通行。身為有尊嚴的吉翁武人，希望你們展現出順從心靈的勇氣。」

到此暫時按下按鈕切斷無線電，米妮瓦將手伸向喉嚨做出口渴了的手勢。一邊遞過飲用水的軟管，奧特一邊看向主螢幕。新吉翁艦隊的光標沒有動靜。以三艘組成的隊列分散為五個，布下三段式陣型在「擬．阿卡馬」的航道上就定位。

「如何？」

「沒有回應。米諾夫斯基粒子，濃度上升中。」

偵測長回答道。這也是現實——只靠言語無法去改變、無法加以拯救。有些事，沒有拚了命去對撞，是不會懂的。奧特忍住嘆息，看向蕾亞姆。靠眼神心領神會，再看向米妮瓦，而她早已看過來的眼神直視著自己。可以吧？沒有必要開口這麼問。她的眼訴說著沒有關係，奧特對她點頭致意，並喊出開戰的聲音：「對空戰鬥準備！」

「ＭＳ隊，陸續前進。陣型就照事前所通知的。各砲座，待進入射程範圍之後開始射擊。」

複誦與傳達的聲音一起湧現，告知戰鬥準備的警報聲響起。離接觸還有十分鐘，差不多該是打到算賺到的長距離飛彈殺過來的時候了。緊盯著螢幕上的光標，奧特拿起扶手上的無線電：「艦長通告ＲＸ-０。巴納吉，聽得見嗎？」聽到奧特的聲音，剛戴上頭盔的米妮瓦眼神瞄了過來。

『是，我有聽到。』

「敵人想在進入暗礁宙域之前收拾掉我們。不用在意後方，你只要想著前進就好。我們會以『獨角獸』為目標前進。」

『了解。』

「我知道都交給一般民眾的你當前衛了，實在不該說這種話。不過不要勉強，一定要活著回來。只有我們抵達『盒子』，那是沒有意義的。」

隔了些許空檔後，傳回來的『了解』，聲音聽起來就如同跨越了許多修羅場的一線駕駛員。現在只能前進了，祈望他能夠為我們這些愚昧的舊人類，指示出一條道路來。奧特口中品嚐著苦澀，對無線電說道：「祝武運昌隆。」

※

『「剎帝利」隨著ＲＸ-０之後離艦。各機前往指定的彈射甲板。』

『瑪莉妲中尉，Ｒ０１０（羅密歐）與Ｊ００６（茱麗葉）將進行防禦。中尉請專心支援ＲＸ-０。』

『了解。』

『葛蘭雪隊的「吉拉・祖魯」、Ｇ００１（高爾夫）與００２固定進行直接掩護。打擊接近本艦十公里方圓的敵人。』

『了解了。對手可不好惹，就不要管形象啦。』

『在各槍塔的傢伙們！對手是不聽公主話的反賊，不要手下留情，讓聯邦的公子哥兒們見識一下葛蘭雪隊的打法啊。』

在規規矩矩的離艦廣播聲中，混著實在很難稱得上是高雅的叫聲。瑪莉妲及布拉特，還有已經了解到要把這艘船當作應該守護的堡壘的那些部下們，聲音在耳中交錯著，辛尼曼遲緩地抬起頭來。在這期間中，艦內擴音器仍然播放著交錯的聲音，緩慢地攪動著拘留室內沉積的空氣。

『各機，首先目標是抵達暗礁宙域。只要混進宇宙殘骸之海，就會有機會甩開追兵。而且敵人應該也難以進行組織性行動。』

正好相反吧。反射性地下判斷的身體抖了一下，辛尼曼抬起頭，看向響著奧特聲音的擴音器。

坦尼森艦隊的司令，坦尼森・巴格特上校，曾經參與產生暗礁宙域的元兇，魯姆戰役。如果是那個隱居在帛琉時也到暗礁宙域環視、獨自製作海圖的男人，那麼反而會拿那片宇宙殘骸之海做武器。只要他判斷敵人難以對付，那麼就會慢慢地讓艦隊退後，等到誘進暗礁宙域之後再給予致命一擊吧。

在艦長會議明明打過照面，布拉特那傢伙是不記得了嗎？在心中叫罵著，辛尼曼傾聽著無線電的聲音。一直沒有聽到質疑的聲音。亞雷克與特姆拉等人的聲音，與「擬・阿卡馬」

的成員混在一起從擴音器中飄過。一群呆瓜，到底在搞什麼啊。變得坐立不安，環顧了貼滿墊子的室內，辛尼曼看向仍然開著的鐵門。走出通道就有通訊面板，想著必須跟艦橋連絡，往門口正要踏出一步，卻被不知什麼時候站起來的自己給嚇了一跳。

這是幾秒前自己完全想像不到的狀況。應該已經化為空殼的身體，居然站起來行動了。只因為對部下們的沒用感到焦急，想要對他們咆哮，而讓血液熱了起來。這到底是怎麼一回事？用意外、困惑，還有顫抖的神情呆立的辛尼曼，再次將視線看向門外照進來的光。照亮拘留室昏暗的光。無法照到這裡，可是只要稍微踏出一步，就能用手接觸的光——

『相對地也有得到的東西，不是嗎？』

站在門口的幻影，那僵硬的聲音在記憶之中響起。那傢伙，真的給我開著門就走了。「真是……」吐出沙啞的聲音，辛尼曼看著通道上閃爍的白色光芒。感覺輝度似乎比剛才更加提升，隨處可見的螢光板光芒變得眩目無比。

※

慎重地踏下腳踏板。還沒完全踏出一步，如同在背後拉扯的排斥感就壓住機體，巴納吉在儀表板上叫出了平衡器的設定畫面。裝在背包上的推進火箭質量，對機體施加了超乎想像的慣性力矩。選擇了與精神感應裝置連動的自動調整機能，仔細地設定數值之際，『喂，米寇特!?』拓也的聲音劃破了無線電。

巴納吉不覺抬起頭，往左右看去。他看到不管慌張地伸出手的拓也與艾隆，從地板上跳起的太空衣跳躍到「獨角獸」的前方，兩手抱住的哈囉在全景式螢幕上綻放著一點色彩。巴納吉立刻關上頭盔的護罩，開啟了駕駛艙門。機內的空氣流出到已經變成真空的MS甲板，咻地響起的風聲急速遠去，相對地撲進來的太空衣堵住了正面的視野。

乘著穿過艙門的流速越過儀表板，有如衝撞般地抱了上來。看著從她手上滑落的哈囉說道『巴納吉，還好嗎？』並且拍著耳朵在駕駛艙內跳動，巴納吉將手搭到裡面肯定是米寇特的太空衣肩上。將頭壓住自己胸口，米寇特．帕奇，並沒有要抬起頭的意思。兩人的頭盔碰在一起發出叩的一聲，巴納吉耳邊響起有如嗚咽聲的的急促氣息。

「不要因為被拱成新人類，就太逞強了。」

氣息之中混著這股聲音，緊緊靠上全身只有一瞬間，「好，我滿足了。你去吧！」她迅速抬頭，透過護罩露出笑容。回望著她發出濕潤光芒的瞳孔，我真的沒能為這女孩做點什麼……巴納吉品嚐著這苦澀的感慨，應道「我走了，哈囉就麻煩妳」並回以笑容。雖然沒有自信可以笑得好看，不過米寇特回道「我會跟大家一起等著」，便抱著哈囉漂離艙門了。

『太慢啦，新人類！』

目送著再也沒有回頭的米寇特背影才沒多久，頭盔中就傳來吹跑感傷的咆哮聲，是羅密歐010的普魯中尉。看到從懸架踏出一步的「里歐爾」，以一聲「了解！」吼回去的巴納吉，關起艙門並讓「獨角獸」前進。留意著背負推進器的機體迴轉半徑，正要上前往彈射甲板的升降梯時，『不要想著要吃下所有敵機啊！』普魯中尉繼續說道。

『不要過度追擊。漏網的敵機就交給我們處理，不用客氣。』

『總算輪到我們出場了。要是拿小孩當盾牌活下來的話，可會連覺都睡不好。』

茱麗葉006的馬可少尉也趁機會說道。他是擬．阿卡馬隊的後備駕駛員之一，不過提出把解體為補充用零件的機體重組起來的方案，並在緊要關頭準備好可以出擊的「完成型傑鋼」，所以可不是普通角色。腦中浮現兩人大膽的神情，「我了解了，請多指教。」巴納吉回應道。等升降梯上升完畢，他踩住腳踏板，不過一聲與剛才不同，充滿禮貌的『巴納吉少爺』馬上接著響起，讓他上彈射甲板的時機晚了一拍。

『前往「工業七號」的路殺開之後，我們會突入「墨瓦臘泥加」。請不要勉強。』

是賈爾。對「墨瓦臘泥加」構造十分熟悉的他，負責與康洛伊等ECOAS成員同行並帶路。「了解，希望賈爾先生你也會沒事。」巴納吉回答他。

『「盒子」如果真的在「墨瓦臘泥加」的話，我大概知道它的位置。就算被伏朗托搶先一步，也還有挽回的機會。請保重身體。』

『直到抵達為止，我們的「洛特」工作就是在艦上當移動砲台。到時在「墨瓦臘泥加」再會吧。你這條被塔克薩隊長救回來的命，可別糟蹋了啊。』

康洛伊跟著說道。『通路淨空。RX-0，請出發。』也聽到美尋重疊的聲音，巴納吉回答兩人份的「了解！」並將「獨角獸」與彈射器接合。透過已經開啟的閘門，看向延伸至艦首的彈射甲板，再將視線移到那上方，浩瀚卻永遠黑暗的宇宙之中。

冰冷的虛空以及在背後支持的許多熱潮。站在分界線上的身體不禁顫抖，腦中浮現想與奧黛莉交談的欲望，不過此時這麼想是奢求吧。繼續對新吉翁艦隊提出撤退勸言的她，已經早一步投身於戰鬥之中。只要活著回來，要說話的時間多長都有。一定也可以像剛才一樣，互相確認對方的體溫。

我不會死，我一定會回來。巴納吉腹部使力，看著正面的宇宙。

「巴納吉．林克斯，『獨角獸鋼彈』，出發！」

線性驅動的彈射器開始滑行。同時背部的推進火箭也點燃，比平常更激烈的振動音搖動

著駕駛艙。在射出的瞬間，推進火箭全開的「獨角獸」，拖著長長的噴射光脈飛向虛空。那道光芒化為巨大的薄膜在機體後方展開，得到翅膀的獨角靈獸瞬間遠離了母艦。

要突破弗爾．伏朗托所築下的牆壁，前往「拉普拉斯之盒」沉眠之地。先行的思緒化為一道細光在額頭爆開，讓巴納吉感覺到精神感應裝置開始共鳴。精神感應框體展開，各部位的裝甲滑動，發生不均等慣性的機體加速的同時橫向迴轉。在迴轉結束之際，額頭的獨角已經裂成V字，從面罩露出的雙監視器閃動，得到「鋼彈」外形的機體讓全身的精神感應框體發出光芒。

「行得通……！」

靠著自己身心所散發出的力量而行動的機械，與自己這個人類合而為一的巨人——以敵方艦隊布陣的宙域為目標，巴納吉奔馳著。推進火箭的光與紅色的燐光相乘，加速的「獨角獸鋼彈」有如流星一般翱翔在宇宙之中。

※

從背部伸出許多砲身的機體，被莫大的噴射光所推擠而急速遠去。這景象喚醒出生之前就被植入的記憶，凝聚成熟悉的話語，化為分不清是否是嘆息的聲音，從瑪莉妲口中滑落。

「『鋼彈』……」

無條件地喚起敵意的言語。在那冰冷的膠囊之中被培養出來的姊妹們，將這句話認知為必須打倒的敵人——可是，現在已經什麼都感覺不到了。對它的理解，只剩下那是載著巴納吉這熟悉的靈魂，有思維的器皿，就這樣不多也不少。感覺到奇妙的同時，瑪莉妲讓「剎帝利」從上升到頂點的升降梯上前進。縮起肩上的莢艙，想辦法穿越射出口的墨綠色機體，它那超乎規格的巨體聳立在真空下的彈射甲板上。

又或許，那就是一直追求的「光芒」。因為超越規格而無法納入彈射器，在甲板上等待出發許可的機體內，瑪莉妲漫然地晃動著思緒。在人造物的身體中產生的光芒、從這腹中被奪去的光芒。正因為要照亮未知的明日以及未來，所以時時刻刻在改變型態，不管怎麼追求都無法追上。我從很久以前便了解這一點。因為了解而移開目光、與同樣失去光芒的人一起在黑暗的場所停下了腳步。只在對方的身上找尋光芒的殘渣，卻從來沒有想到，自己可以成為對方的光芒。

現在不同了，我看得見「光芒」。有生命支撐著這無處可去的身軀，給了我瑪莉妲·庫魯斯這獨一無二的名字之人，向我指示出唯一一項值得跟隨的事物。

「順從心靈……嗎……」

口中低語，雙手放上球型操縱桿。一直討厭被叫做MASTER的那個人，還沒有找到「光芒」的所在地嗎?就在她想到這點，目光看向背後的同時，『大量高熱物體接近!』緊張的聲音由無線電傳來，讓瑪莉妲與機體同調的目光往正面看去。

『二十、三十……好龐大的數量，正急速接近!』

『回避運動，放出偽裝隕石!注意不要打到出發中的ＭＳ!』

奧特艦長的聲音跟著響起，「擬．阿卡馬」的船體發生慣性重力。感覺到船體大幅向右移動，瑪莉妲將思維凝聚在正面那化為一堵牆壁接近的殺意之上。劃出過度筆直軌跡的物體，並不是ＭＳ，而是長距離飛彈之類的東西。確信的同時，身體比思考更早作出反應，擅自動起來的口中叫出:「離艦程序，省略。」

「瑪莉妲．庫魯斯，『剎帝利』，出發!」

內藏在四片莢艙的主推進器噴出火光，離開彈射甲板的「剎帝利」以垂直的軌跡上升。雖然無法做到百分之百的出力，不過平衡感還不壞。而且各部位損傷讓機體質量變少，控制得好的話可以做到正負抵銷。在從正上方壓下來的加速重力之中，不到三秒內就做完確認的瑪莉妲，立刻將上升了數公里的機體往前方轉向。四片莢艙翻動，將直接接在右腕上的二連光束格林機槍舉向前方之後，化為噴射光塊的「剎帝利」猛列地開始前進。

接近的飛彈數量共三十二發。雖然是靠光學觀測射出的牽制彈，不過有數發與「擬·阿卡馬」的航道重疊。大概是感覺到同樣的殺氣，先行的「獨角獸鋼彈」有減速的氣息。查覺到這點的瑪莉妲大叫：「別管了，巴納吉！」並讓「剎帝利」加速。

「這東西我來應付，你趕緊前進！」

蜂擁而上的ＭＳ群接在飛彈之後壓迫著感知野。坦尼森艦隊似乎打算用全力將我們擊潰。『了解！拜託了！』在現實的聽覺聽到巴納吉聲音的同時，瑪莉妲將意識集中在與精神感應裝置連動的感知野。五個、六個……捕捉位在直擊路線上的飛彈波動，判讀其軌道之後，突起的戰意化為聲音吐露而出。

「去吧，感應砲！」

看起來如同翅膀的莢艙往四方展開，內藏的十幾座感應砲一起飛出。受精神感應裝置操作，小型自動砲台各自劃出Ｚ字型軌道，瑪莉妲的意識也隨著它們飛入虛空之中。迎面而來的飛彈逐漸接近，已經可以明確地知覺到拋下推進火箭的彈頭細部構造。在過了一秒感覺有如一小時長的一瞬間後，與意識一體化的感應砲筒尖噴出ＭＥＧＡ粒子彈，灼熱的光渦在感知野內連續噴發。

這一切立刻化為現實的場面在眼前發生，刺激著瑪莉妲的視覺。超過十顆爆炸的火球在「擬・阿卡馬」的航道上膨脹，逐漸掩蓋了遠去的「獨角獸鋼彈」機影。宣告戰鬥開始的光芒在兩軍之間炸開，像火把一樣地裝飾著前往「工業七號」的漫長道路。

※

核融合火箭引擎的暖機音在機內迴盪著。與噴射引擎的聲音不同，讓人感覺就像空調音一樣索然無味。與限定在重力下使用的德戴改不同，宇宙用噴射座的操縱席並沒有多餘的空間。抓住被操控台包圍的椅背部分，將身子探到副操縱席上的亞伯特，為了不碰到成串的按鈕，非常辛苦地改變身體方向。費了一番功夫，屁股總算收在狹窄的椅子上，在太空衣的背包要連結椅背上的釦具時，『亞伯特先生，能請您重新考慮嗎？』瑪瑟吉艦長的聲音從無線電中傳來。

『本艦並沒有接到必須介入戰鬥的命令。您的性命要是有什麼萬一，責任問題會落在我的頭上。』

被雇用來的艦長只重視著自己的問題，而沒有其他的說詞。他遵守著要給畢斯特財團方便這個指示，看著亞伯特背後的參謀本部幕僚們臉色，同時也看著馴服他們的月球女皇臉色。結果，這裡也在姑姑的掌中。再次確認到自己至今從未逃出她的掌握之外，亞伯特目光看向左邊的操縱席。對以不安目光瞄著自己的駕駛員，亞伯特點頭促使他出發的同時，用厚顏無恥的語調對無線電回答：「我應該已經說明過了。」

「我沒打算介入戰鬥。只是想利用精神感應框體的共鳴性能，對『報喪女妖』進行側面援護。」

他操作面板上的顯示螢幕，叫出操縱席後面寬廣台座的影像。那平常搭載著MS的位置，放有八個裝著「報喪女妖」補修用零件的大型貨櫃，上下兩面各放了四個，並用鋼索固定住。要是載運攜帶用火器前去支援也就罷了，堆著框材卻說要去援護，瑪瑟吉與駕駛員會覺得奇怪也是正常的。在「阿克西斯衝擊」被實際證明的精神感應框體未知特性，他們這些普通的軍人不可能會理解。甚至親眼目睹感應力場產生的亞伯特自己，也不敢說自己有多麼清楚。

「這噴射座所載運的預備用精神感應框體，足足有一整台獨角獸型的量。能共鳴的框體越多，對『報喪女妖』越有利。」

『月面的觀測基地捕捉到戰鬥光芒，已經開打了。這樣您會衝入戰場啊。』

「求之不得。在戰場上情緒高漲，就更容易抓到『報喪女妖』的感應波。只要接近就會互相吸引。」

因共鳴而極大化的感應力場包圍戰場的話，也許可以抓到普露十二號——瑪莉妲・庫魯斯的感應波。心中帶著沒有任何證據，可是卻又別無他法的推論，亞伯特準備好迎接出發的衝擊。發電機逐漸變大的聲音，與瑪瑟吉的吼叫重疊：『精神感應框體沒有精神感應裝置，就只是普通的金屬材料罷了……！』

「原本應該是如此，不過有資料顯示不只是這樣，還是有一試的價值。」

沒有自信能夠繼續厚著臉皮說出毫無根據的話。亞伯特單方面地切斷通訊，看著在開啟的閘門另一端，那漆黑的宇宙。從這裡到戰場區域，有五萬多公里。從這艘以最大戰速航行中的「雷比爾將軍」射出的噴射座，再借用裝備在兩舷的推進火箭之力，大概會晚「報喪女妖」一個多小時左右抵達戰場。在被米諾夫斯基粒子所遮蔽的宇宙，而且還是漂有許多宇宙殘骸的暗礁宙域之中，「報喪女妖」與「獨角獸」立刻遭遇的可能性幾乎等於零。順利的話，應該可以在兩機接觸之前捕捉到「報喪女妖」。

之後的事情，現在想也沒有用。只有一點確定的，就是不這麼做的話，自己將會無法對現況插手了。我將永遠失去奪回瑪莉妲・庫魯斯的機會，只能看著「最後的手段」發動——

這是無可動搖的事實。只要有讓自己與周遭多少能夠接受的理由，那就夠了，簡單地說就是想要理由去邁出第一步。在心中確認之後，亞伯特凝神注視著那冰冷的黑暗。從姑姑的掌心逃出之後展現在眼前的黑暗，那其中的某處，藏有那宛若通往深海、蒼藍色眼眸的黑暗——

「我不會讓妳被任何人奪走，我一定要親手……」

不自覺地低語的同時，「要出發了。會有很大的G力壓下來，請做好覺悟。」駕駛員開口說道，讓亞伯特再次將頭盔壓在頭枕上。通到艦首的彈射甲板亮起誘導燈，閘門的倒數器顯示著零。在核融合引擎的吼聲達到臨界點的同時，噴射座開始前進了。

在扁平機體的兩面載有貨櫃的ＳＦＳ，靠自己的推力從「雷比爾將軍」脫離。然後壓低相對速度，宛如民用太空梭的安全駕駛到此為止。與「雷比爾將軍」的相對距離拉到三公里的同時，噴射座的輔助推進器點燃，進入第一次加速。瀕臨危險範圍的加速重力壓往全身上下，亞伯特連呻吟的機會都沒有就被壓在副操縱席上。

嘡嘡嘡的磨擦音震動著機內的空氣，全身的血液往背後聚集而去。抓住扶手的手無法動彈，唾液從嘴角流出，爬到抖動的臉頰上。變暗的視野急速地變窄，被快要就這樣失去意識的感覺所襲擊，亞伯特仍然繼續注視著在正面發光的月亮。

他前去父親的亡靈以及瑪莎的魔掌都探不到的遠方。分不清楚正在掉落或是爬升，第一次變得孤身一人的軀體奔馳在永夜的宇宙中。

※

從上面往下看的話，姆薩卡級輕巡洋艦的形狀呈現出頂端尖銳的等腰三角型，給人的印象就像是留露拉級戰艦的縮小版。它的特徵是裝備在艦尾的兩片散熱版，像翅膀一樣從左右兩舷伸出，不過這是為了有效散去核融合引擎帶來的熱量，並使機動力提升的構造。

面對敵我兵力差距無以抗衡的地球聯邦軍，就算只是象徵，也不需要大艦巨砲主義。編制出保有足以運用MS部隊的容量，又可以執行閃電奇襲戰的機動艦隊才是第一要務──第二次新吉翁戰爭時所確立的造艦思想，直到被人稱為「帶袖的」的現在仍然繼承著，現在的新吉翁艦隊除了旗艦「留露拉」之外沒有其他戰艦。包括這三年內進宙的新造艦在內，全軍主力坦尼森艦隊只以姆薩卡級組成，並且再讓載有MS的偽裝貨船團隨行，組織出共計十五艘船艦所組成的機動艦隊群。大艦隊無法作出快速的反應，這個定理至少對坦尼森艦隊是不適用的。在司令坦尼森上校的指導之下，各艦的艦長都在暗礁宙域受過嚴格訓練，習得了讓巨大的船體如同戰鬥機般地機動的方法，也習慣於去配合組出百種以上的陣形。這也是坦尼森他將艦隊分為五個部隊，並給予各隊司令適當的自由裁量權，這種獨特的運用方針奏效的成果。

以坦尼森自己指揮的核心部隊為中心，現在每三艘所組成的戰隊正各自散開，對企圖採取中央突破的敵人建構二重三重的防衛牆。開啟戰端後已經過了三十分，雖然被超乎預期地頑強的敵人壓制，而被逼得不得不改變陣形，不過坦尼森仍然有自信，能在暗礁宙域的前方分出勝負。

就算前線被突破了，前方部隊也精通著即刻轉進，並且與後續部隊聯手組成包圍陣形的戰術。至少，不會勞駕收容了弗爾．伏朗托的殿軍卡修瑪隊出手。他認為視狀況是否順利，要在伏朗托補給完成之前擊沉「擬造木馬」，全艦隊一起移動前往「工業七號」，也不是不可能的事。

不過——

「布里吉隊被突破了……？」

離下令變更陣形，才過了五分鐘。委以前衛的部隊發出求助信號，讓坦尼森不禁從司令席上站了起來。在艦隊旗艦「葛洛姆」普通艦橋的一角，面對著偵測器畫面的通訊員臉色蒼白地轉過頭來說道「沒有錯」。

「由於宇宙殘骸的嚴重干擾，詳細不明。可是每一艘艦艇，都重覆報告著『本艦無法操舵』。」

「還沒有進入暗礁宙域啊！怎麼可能會有多到妨礙雷射通訊的宇宙……」

當下大吼反嗆的嘴巴，突然動不了了。不是暗礁，卻在戰場上漂流的許多宇宙殘骸——被戰鬥所破壞的MS殘骸。從伏朗托所給的情報來看，「擬造木馬」的艦載機數量屈指可數。加上敵人仍然持續進擊中，無法想像這些阻礙通訊的碎片群是由敵機變成的。

「是我方機體被擊沉了嗎……」

坐在旁邊艦長席的「葛洛姆」艦長，詢問「要開啟戰鬥艦橋嗎」，並用已經查覺的目光看著自己。為了表現出不管在什麼樣的戰鬥中，都能夠活下來的自信，坦尼森就算在戰鬥中也不會躲入戰鬥艦橋內。對知道這點卻刻意開口問的艦長瞄了一眼，保留答案的坦尼森，身體靠近艦橋正面的窗子。鏡中反射出的，是自己依循公國軍時代的傳統，沒有穿上太空衣的制服裝束。他將臉貼在厚厚的透明塑膠板上。

「與後備的兩隊，一起在暗礁宙域內布陣。MS隊分一隊出去進行救難搜索。」

沒有理會複誦的聲音，他的目光凝視遠方的戰場。真空下的戰火非常冷冽。透過直接掩護「葛洛姆」的「吉拉．祖魯」機體，綻放並消失的無數爆炸光無聲地閃爍著，錯綜的光束在視網膜上劃出燒灼的線條。由於沒有空氣的折射，看來非常明晰的光芒群，距離大概一千公里……不，可能更接近。但不論如何，隨時間經過而變大的爆炸光圈，證明了突破前線的目標正往我方推進。

「有人築出一道高牆……就是那架叫做『獨角獸』的MS嗎？」

只是一個小點的敵人，卻靠名為氣魄的高牆壓迫、襲擊而來的感覺——坦尼森想到這種感覺，就在過去一年戰爭時，在宇宙要塞「阿・巴瓦・空」的攻防戰中體會過，這讓他頭一次對自己沒有防備地站在窗邊感到不安。不可能，他在心中低語，並壓下想離開窗邊的衝動。前衛會被突破，是因為敵方冒充米妮瓦・薩比之名進行廣播，讓士兵產生疑慮、使得攻擊發生錯亂。只不過是一架MS，不可能對我坦尼森艦隊造成壓力。坦尼森握住搭在窗戶上的手掌，「嚴密進行對空監視！」他大聲地驅散內心的膽怯。

「對手只是一艘負傷的船艦。不管有多麼強力的MS在，都不可能突破……」

一瞬間，窗外發出閃光，連防眩防護罩都無法完全消去的劇烈光芒塗滿整個艦橋。在極近距離膨脹的衝擊波撼動了船體，飛散的碎片啪哩啪哩地打在艦橋構造部的外牆上。立刻護住眼睛的坦尼森，從擋在面前的手指縫隙中看到灼熱的火燄，以及被扯碎的「吉拉・祖魯」手飛離的景象。在他還來不及理解到直接掩護機被擊墜之前，「高熱源物體，高速接近！」

通訊員的聲音幾乎像是慘叫，接近警報的警告音響徹艦橋。

「太慢了！MS隊在搞什麼？」

忘我地咆哮著，他再次看向窗外。穿過應該有數十架的我方機體，從偵測圈外狙擊掩護機的敵人——它到底在哪裡？目光看向更加接近的爆炸光群，坦尼森映在窗子上的表情因為恐懼而蒼白，同時他的視野一角，留有與爆發光波長不同的紅色光芒。

那不同於爆炸光或噴射光，有如燐光的紅色光芒像幻覺般在宇宙流動，並往我方接近。

「對手太快了……」通訊員的呻吟聲，被叫道「來了！」的其他人聲音所掩蓋，強到與剛才完全無法比擬的劇烈衝擊穿透了「葛洛姆」的艦橋。

就好像被巨大的野獸下顎咬碎，並靠著蠻力揮動一樣。坦尼森被彈飛，使他來不及做出護身反應就被摔在天花板上。切換成紅色燈光的照明閃爍著，從舵輪上被拋開的操舵長，像顆球一樣在艦橋中反彈著。想質詢損傷報告，卻又無法呼吸，在他忘我地抓住舵輪的剎那，從艦體左舷經過的紅色燐光進入坦尼森的視野。

「『鋼彈』……？」

被紅色的燐光所包覆著，純白的裝甲顏色以及特徵明顯的機影讓人不會認錯。而它一瞬間便消失，新產生的爆炸振動傳達到艦橋，「直擊輪機部！是直擊！」通訊員發出的聲音穿入坦尼森的鼓膜。

『推進器噴嘴大破！就好像被咬斷了一樣，是什麼東西擦過去了？』

『後續的「夏爾納」似乎也中彈了！脫離軌道！』

『它靠近過來，要撞上了！』

「快回避！使用副推進器立刻迴轉，MS隊進行追擊！」

聽著陸續傳來的各單位報告，艦長抓住艦長席大叫著。不過他的指示，被通訊員的報告「放熱板被打壞了。輪機出力無法提升！」所駁回，說不出話的艦長，臉孔浮現在閃爍的紅色燈光中。

「MS隊直掩機全滅。將前鋒調度為單艦防禦。」

「『夏爾納』傳來光訊號。本艦無法操舵，本艦無法操舵。」

通訊員的聲音就如同追擊一般。曾有一架穿過「阿・巴瓦・空」的交叉火網，在吉翁防衛線上開了一個大洞的聯邦軍機，而眼前的正是繼承其設計的機體。「白色惡魔嗎……」坦尼森呻吟著，將在無重力下漂流的身軀緊靠在窗子上。「後續敵機，來襲！」通訊員的喊聲繼之響起，艦長沒有往自己看過來，直接下令：「全員，穿上太空衣！」隨後，衝撞的衝擊由艦尾撞向艦首，「敗北」這預料之外的兩個字烙在坦尼森的身心之中。

「葛洛姆」露出燒焦、碎裂的艦尾噴嘴，被後續艦「夏爾納」給追撞。也許是因為相對速度幾乎一致，兩艦的撞擊就如同海上船隻接舷般的遲鈍。背對著兩艘船隻，「獨角獸鋼彈」向組成核心部隊的剩下那一艘姆薩卡級突擊。純白的機體得到推進火箭的推力以Z字移動，不給對方張開對空火網的時間，繞到姆薩卡級的艦底部。壓在全身上下的加速G力讓臉頰的肉抖動，巴納吉捕捉到前方傳來的殺氣，並看向在全景式螢幕的視野中，所捕捉到的敵機CG修正影像。

兩架「卡薩D」編隊一起射擊人稱連結式光束砲（Knuckle Buster）的大型光束砲後，變形為MA型態逼近。在那MS型態下腳部的勾爪有如猛禽般伸出，外型宛如昆蟲的兩機散開之前，巴納吉同時擊發了雙肩的超級火箭砲。預測各機軌道後發射的實體彈爆裂，散開的數百個鐵球在「卡薩D」的所在地灑開彈幕。兩機被音速數十倍速度殺到的鐵球襲擊而失去控制地迴轉。巴納吉看到「吉拉·德卡」的編隊為補上兩機的空檔而飛來。

「給我退下！」

兩手的光束格林機槍槍身高速迴轉，連射出的光彈劃出共計四條的火線。沒有錯失三架「吉拉·德卡」膽怯的時機，巴納吉一口氣逼近姆薩卡級艦。看到前方艦艇的異樣，墨綠色的船體展開迴避動作。與船體交錯的一剎那，巴納吉將剩下一半的手榴彈連續丟出。散在虛空中的MS級手榴彈，並沒有馬上啟動，而是漂在姆薩卡級周圍，等到接觸舷側的方向控制噴嘴後一個接一個地引爆。

是為了轉換方向所噴射出的推進器熱量，引爆了手榴彈。被爆炸的衝擊所彈開，為了煞住船身而噴射的另一側推進器又引爆了別的手榴彈，兩舷方向控制噴嘴全毀的船體被爆炸光環繞。接著射出的光束麥格農光柱掠過艦尾，其熱量與飛散粒子將主推進器的噴嘴熔化後，姆薩卡級在輪機與武裝都絲毫未損的狀況下，化為無法自己行動的巨大鐵屑。

只要毀掉主要的推進器噴嘴，那麼所有航宙艦艇的下場，與失去螺旋槳的水上艦艇命運是相同的。俯瞰著陷入漂流狀態的船體，確認過沒有擊沉的必要之後，巴納吉穿越掩護機的砲火離開姆薩卡級。

追來的三架「吉拉・德卡」散射光束機槍，光軸由上下兩邊殺到。晚一拍飛來的飛彈群啟動了近接信管，連續爆炸的閃光包圍了「獨角獸鋼彈」。受到有如被棍棒亂打般的衝擊，巴納吉的視線看向四方，捕捉由上下逼近，新來的敵機。「吉拉・祖魯」從扁平的SFS機體上脫離，連射著光束機槍從下方逼近。那看起來原以為是SFS的黑色機體，將機首折向後方，看起來像翅膀的噴射機組彈起後，它化為攜帶著大型光束步槍的MS外形，擴大視窗顯示著AMX-008「卡・索姆」的對照資料。

上方也有一組以「卡・索姆」代步的「吉拉・祖魯」急速接近。與後方的三架「吉拉・德卡」加起來，從三個方向襲來七架機體。與精神感應裝置同調的神經感覺到他們的「氣息」，讓巴納吉對機體緊急停止。噴射全身的姿勢控制用推進器，「獨角獸鋼彈」抵消了推進火箭的推力，以相對往後方飛去的態勢減速。在衝進七架敵機所做出來的包圍網正中央那一瞬間，「獨角獸」裝備的火器一起噴出火花，光束與實體彈的暴雨有如爆開一般降臨在所有方位。

兩臂與背部裝備共六挺的光束格林機槍迴轉槍身的同時，朝天挺立的兩挺超級火箭砲吐出380ｍｍ彈，再射出外掛在火箭砲上的對艦飛彈。拖著氣體尾巴的飛彈直擊「卡・索姆」，感覺到「卡・索姆」被整個彈飛的衝擊從頭上傳來，巴納吉為了掃去襲來的壓力而扣住扳機不放。張開格林機槍火線的雙手展開，「獨角獸鋼彈」讓機身一迴轉，在周圍的「吉拉・德卡」腹部被火箭彈打中而四肢飛散，被ＭＥＧＡ粒子彈掃射直擊的「卡・索姆」爆開。在爆炸的光圈四處綻放中，對四面八方展開火線的機體被白熱的光芒所渲染，精神感應框體感應到敵人發散的「氣息」而發出妖豔的光芒。

「這樣就十九架了……！」

憋著的氣連同話語一起吐出，他再次踩下腳踏板。掃去在爆炸之中消散的「氣息」殘渣，「獨角獸鋼彈」重新開始前進的下一刻，從背後傳來的壓迫感襲向巴納吉。感覺到危機意識的意向自動擷取系統做出反應的同時，與MS攜帶用火器完全不同水準的MEGA粒子彈擦身而過，衝擊波打在橫向迴轉閃避的機身之上。是陷入無法操舵的姆薩卡級，由於火器仍然健在而展開了砲擊。忍耐著撼動骨肉的G力，左右閃避連續射來的砲擊，巴納吉想著要讓機體前進，而飛翔在宇宙之中。

這樣的判斷沒有下錯。打算狙擊飛走的「鋼彈」，姆薩卡級翻轉連裝砲身，不過後方第三主砲還沒填裝下一發，就從根部炸開了。是從不同方向飛來的光束貫穿了砲塔，連同基部的電容一起引爆。被艦橋構造部的正後方發生的爆炸推擠，大幅傾斜的姆薩卡級船體更加偏離軌道。在它的上方，有許多連對物感應器都無法補捉到的小型物體成群飛行，並往它們位於遠處的母機——「剎帝利」的身上飛回去。

「我不會讓任何人擊落『鋼彈』。」

身懷收納在莢艙內側，開始再充電的十多座感應砲，瑪莉妲所駕駛的「剎帝利」跟隨著「獨角獸鋼彈」。就算突破了核心部隊，後衛的兩個部隊仍然完好無傷地留著。感覺到飛彈群接近的瑪莉妲，將剛充完電的感應砲再次放出。捲起旋渦飛舞的精神感應兵器，讓光束在目標地複雜交錯，兩三個爆炸的光輪閃現，灼熱的無數碎片隨之在暗礁宙域的前方擴散遠去。

※

約十分鐘前就讓對物感應器嗡嗡作響的宇宙殘骸，數量逐漸變多，現在已經成了高速經過的流星雨，映在全景式螢幕上。就算迴避了也還有熔潰的鐵片飛來，擦過左右搖擺機體的噴射座後遠去。『這到底是怎麼搞的……！』華茲．史提普尼的聲音，與間歇噴射姿勢控制推進器的振動音，一起傳到了坐在「傑斯塔」駕駛艙中的奈吉爾．葛瑞特耳中。

『就算是暗礁，這些玩意兒也太多了吧。』

『還沒到暗礁宙域，這些是剛產生的宇宙殘骸。』

戴瑞．麥金尼斯說道。同時，擦身而過的宇宙殘骸的分析影像傳送過來，雖然奈吉爾心中已經有底，仍然倒抽了一口氣。CG補正過的物體，是MS的機械臂——從那特色十足的袖口設計，讓人很清楚地知道是「帶袖的」的機體。機械臂大概是從爆炸的機體上分裂的，旁邊混著許多原形不明的碎片，用有如子彈的速度從旁流過。

在前往「L1匯合點」的途中受命轉進，航道朝向暗礁宙域前進後經過九小時。各自帶有噴射座的三架「傑斯塔」，好久不見的人造物體竟是這宇宙殘骸群。這裡確實還沒到暗礁宙域，在目的地閃動的戰鬥光輝，就有如在幫暗礁擴張面積般地生出新的宇宙殘骸。『是有多大的部隊在進擊啊……』沒有搭理華茲的低語，奈吉爾凝神看著遠處的戰火。從三十分鐘前開始觀測到的光束與爆炸光，一直沒有間斷地產生著，然而發生範圍並不寬廣。集中在局地的光芒，看起來就像在往暗礁方向移動。如果是兩支大部隊交戰的話，可以觀測到戰火的範圍應該更廣。

「『擬·阿卡馬』……『獨角獸』嗎？」

從前後的狀況來看，除此之外沒有其他推論了。單艦與「帶袖的」艦隊衝突，前往暗礁宙域的隆德·貝爾艦——已經對全軍下達追捕命令的反叛船艦。奈吉爾對預料之外的事態發展皺起眉頭的同時，卻又感覺到這不是不可能的而困惑著，『隊長，噴射座的燃料快到極限了。』戴瑞的聲音聽起來似乎很遙遠。

『要前往「雷比爾將軍」所設定的會合點的話，必須在這裡轉進。這樣下去會衝進戰場。』

棄下已經用完燃料的推進器後，噴射座只靠自機的推進器推進已經過了兩小時。就算要在此時轉進，等到與「雷比爾將軍」接觸的時候推進劑也已經用完，搞不好還得靠「傑斯塔」用手推回艦上。「是沒錯……」一面回應，奈吉爾不斷注視著似乎在誘惑自己而閃動的戰鬥光。明明心裡知道用常識判斷是該回頭沒錯，可是自己卻下不了決心。在那戰鬥的光芒中，感覺那裡似乎發散出一股不明所以的「氣息」，難道是自己累了嗎？

大概是這樣吧。只是下到噴射座小睡片刻，是無法消除身體穿了一整天太空衣的疲勞的。等待利迪的「報喪女妖」抵達，並確認詳細狀況才是上策。奈吉爾打開頭盔的護罩，搓揉浮現眼垢的眼角，卻聽到華茲一聲『這什麼聲音？』而讓眼皮抖了一下。

調高無線電的音量，仔細聆聽。在雜音之中似乎有人的聲音在浮動著，讓自己心跳大大地跳了一下。『是女孩的聲音，好像在講什麼。』聽著戴瑞聲音的同時，奈吉爾手動調整無線電的頻率。

『……戰鬥並沒有意義。這艘「擬．阿卡馬」已經不是聯邦也不是吉翁的船艦，我們的目的，只是防止「拉普拉斯之盒」遭到惡用。』

總算可以聽到聲音，不過華茲冒出一句『那什麼盒的是啥啊』蓋到了女孩的聲音。「你給我安靜點！」低聲怒吼道，奈吉爾傾聽從戰場傳來的無線電聲音。

『這一個多月來的戰鬥，都是環繞著「拉普拉斯之盒」而發生的。人稱它有顛覆聯邦的力量，也許對新吉翁來說的確是可以帶來光明。可是我們所居住的，並不是每個人都可以恣意妄為的世界。如果我們不找尋宇宙與地球雙方的人類都能夠活下去的道路，那麼只會再次重現一年戰爭。身為繼承了薩比家血脈的一員，我有義務去阻止這樣的事發生。』

『繼承薩比家血脈的一員，莫非是……』

戴瑞倒抽一口氣的聲音透過無線傳來。奈吉爾在心中浮現米妮瓦‧薩比這個名字，用全身每一個部位，去聽取漸漸遠去的聲音。

『包括聽到這廣播的每一個人在內，我們都是一個人。擁有遍及這片宇宙的可能性，然而現在卻只能留在地球圈這狹小空間之中的一介人類。不管是誰都無所謂，請幫助我們。為了不讓可能性的燭光消逝，讓我們過去，我們應該已經沒有時間浪費在戰爭之上。我們是為了，讓大家能夠生存下來……』

被越來越嚴重的雜訊干擾，那似乎是米妮瓦的女孩聲音急速遠去。不管怎麼調整頻道都無法收到後續的聲音，奈吉爾調低只剩雜訊的無線電音量，將積在胸口的氣息吐出，並仰望虛空。全身冒出了雞皮疙瘩，心臟不停地強烈鼓動著。這是怎麼回事？他不知道該怎麼看待現況，有如身陷五里霧中，令沉默降臨在三架「傑斯塔」之間。終於，戴瑞開口說道：「這是怎麼回事？」

『載著米妮瓦‧薩比的「擬‧阿卡馬」，居然在和新吉翁的艦隊戰鬥……』

「我不懂。也不像是擾亂工作……看來我們不了解的事還像山一樣多。」

自從與新吉翁偽裝貨船接觸之後，就斷絕音訊的「擬・阿卡馬」，如果那上面載著米妮瓦的話……轉動腦筋思考，卻只能得到情報不足這個結論，奈吉爾將視線移回在目的地閃動的戰火。感覺像是在呼喚自己的光芒——這感覺是來自於那疑似米妮瓦之人的聲音嗎？就在他毫無根據地思考之際，『喂，華茲？』戴瑞爆出聲音，在奈吉爾機的後方閃出了推進器的噴射光。

『不要再囉哩叭嗦的，去救他們吧。都已經來到這裡了，沒道理什麼都不做吧？』

華茲的「傑斯塔加農」從噴射座上離開，加了追加裝甲的厚重身軀躍往前方。就算是這生性橫衝直撞的男人，不過從他的舉動感覺得到，其中有想促使自己下決心的共鳴感，這讓奈吉爾把第一時間想制止他的話語吞了回去。這傢伙也感覺到了嗎？就在思考之際，戴瑞的「傑斯塔」與奈吉爾機並行，無線電傳來怒吼：『給我慢著！』

『還不清楚狀況，你想做什麼啊？』

『聯邦的船艦與新吉翁的艦隊在戰鬥耶，那該做的事當然只有一件啊。』

自己彷彿看到了戴瑞語塞的表情。對他過於單純的邏輯感到好笑，奈吉爾說道：「這樣講好像也有道理。」『隊長……！』戴瑞的語氣中帶著責難。

『有女孩子在求助，無視她的求援還算什麼男人啊！』

就好像不需要其他理由一樣，點燃推進器的「傑斯塔加農」開始加速。華茲他不會不了解，在狀況不明確時介入有什麼危險性。確信他也感受到呼喚，奈吉爾在口中重複念著該做的事只有一件，並感受到腦海中的積血完全散去而露出苦笑。『真是的……怎麼辦？』看向一邊嘆息一邊說著的戴瑞機，確認了他的心情似乎也一樣後，奈吉爾握起操縱桿。

「沒辦法，就陪他吧。」

「傑斯塔」的推進劑還完整保留著。在這距離下要抵達戰場非常輕鬆，就算燃料沒了，也還有請「擬．阿卡馬」收容自機這一步可以走。保有最低限度的理性，奈吉爾將趴在台座上的自機拉起，「你們就回去『雷比爾將軍』吧，報告就交給你們了。」對噴射座的駕駛員交代過後，不待他們回答，奈吉爾便踏下腳踏板。

從噴射座上浮起的「傑斯塔」，受到點燃的主推進器推動而開始加速。戴瑞機也跟在後面，兩架機體穿過迎面飛來的宇宙殘骸追著先行的華茲機。沒錯，都來到這裡了，沒道理什麼事都不做便回航。「獨角獸」、米妮瓦、還有「拉普拉斯之盒」。之前一直被這些東西給拖著跑，現在至少要親眼看清楚真相。將光束步槍架在隨時射擊位置，奈吉爾凝視著有許多「氣息」滯留的戰場。就好像要發洩一直被固定在噴射座上的鬱悶般，三機所噴出的噴射光拖著長長的尾巴，一直線穿越散布著殘骸的宇宙空間。

※

『已經有百分之四十的艦艇遭到無力化，全隊逐漸退向暗礁宙域。我們卡修瑪隊，會在這裡張開最後的防衛線。上校請盡早出發前往「工業七號」。「擬造木馬」已經逼近了。』

卡修瑪中校那似乎已經做好覺悟的臉，映在十公分大的通訊面板上，正是這點令自己無法原諒他們。擺出一副自己也是穩固的世界其中一員的嘴臉，可是看事情的角度卻無法跳脫自己想像的狹隘範圍。然後一旦面對了自己想像之外的事態，不是叫著不可能而不肯面對、就是逃進每個人的責任論，總是擺出一副忠肝義膽的表情說自己能做的都已經做了。這些愚昧的大人們總是這樣。老覺得就算世界毀滅，只要個人的面子保住就夠了。

被卡修瑪隊的旗艦「庫斯可」收容後已經過了五個多小時。失去一臂的「羅森・祖魯」緊急修理已經完成，伏朗托戰隊處於隨時可以出發的狀態，不過現在面對的卻不是這些問題。在MS甲板的一角，通訊面板埋在面對維修窄道的牆壁內，安傑洛・梭裴面對通訊面板，看向排在左右的部下們臉孔。

兩邊都是二十來歲的親衛隊駕駛員，拉卡中尉與雷爾少尉都直立不動，以抱持敬意與感動的神情，看著做好覺悟赴死的長官。腳鍊的駕駛員也是臉色凝重，並沒有意思要責難見識淺薄而浪費了戰力的司令。為什麼？為什麼沒有人生氣？就是卡修瑪這樣的傢伙們害得國家滅亡的。明明擔下他們的扭曲與負債，品嚐辛酸的卻是我們這個世代。

「對手才只有一艘艦，居然會搞成這樣！」

不滿化為咆哮從口中爆出，安傑洛感受到拉卡等人僵住的氣息。卡修瑪似乎沒有理解到被下位的人員怒吼的現實，因而呆住了。安傑洛瞪著他們臉孔，往前向螢幕靠近一步。

「敵人的主力只有一架『鋼彈』。集中攻擊它就可以了。就因為你們還乖乖地組什麼艦隊──」

「由我出擊吧，卡修瑪司令。」

突然有人插話，一派輕鬆的語氣打斷了他的話語。安傑洛看向背後，隔著部下們的肩膀看到戴面具的臉孔。來不及尋找沒能爆發的感情該洩往何處，『可是，上校你……』卡修瑪發出遲疑的聲音。「灑在身上的火苗，我想在這裡將它撲滅。」弗爾．伏朗托目光望過來說道。

「我會帶親衛隊前往，與已經出擊的部隊各自行動。麻煩通知前線。」

『是！祝武運昌隆！』

說完，並敬禮的卡修瑪表情，讓自己覺得這正是不負責任大人們的真面目。擅自挑起戰爭、擅自尋死，把世界弄得亂七八糟的大人們。他們的帳都得讓留下來的我們去還，而他們卻還以為自己是為了大義殉身而負起責任，這一點最令人無法忍受。至少得讓他們為自己的無能感到丟人現眼，否則怎麼划算。追上轉身離開的紅色背影，安傑洛離開親衛隊的人牆，發出抗議：「上校……！」伏朗托越過維修窄道扶手的同時，說道「我說過吧」，並將戴著面具的臉稍稍轉了過來。

「『獨角獸鋼彈』的駕駛員是新人類。強力的新人類會帶給周遭的人們影響。最好把現在的『擬造木馬』，想成是實質上的新人類部隊。」

白色的手套抓住扶手。高大的身軀漂在MS甲板的半空中。在伏朗托飄動豐厚金髮的身後，完成整備的「新安州」火紅色的裝甲燃燒般的醒目。

「而且還跟著瑪莉妲中尉的『剎帝利』。靠數量是打不倒新人類的。艦隊再過不久就會被突破了。」

話中等於明示了他一開始就知道事情會這樣發展，這讓安傑洛擺脫不滿的情緒而放鬆雙肩的力道。這強烈的指示性，以及為了達到目的可以毫無慈悲感的貫徹力，終將引導我們邁向最後的勝利，並且為已經一團亂的世界取回秩序，將被血污染的床單淨化回歸純白。

我們不需要大義、也不需要個人的名義與尊嚴。只要與這背負整個世界都不會屈服，宿有超越人類之力的面具同在——「輪到你出馬了，安傑洛。」安傑洛用全身去感受伏朗托的言語。

「讓我見識『羅森・祖魯』的真正價值吧，快點準備。」

「是的！我必定會收拾『獨角獸鋼彈』讓您瞧瞧的。賭上上校您的性命。」

自己的生命不足以當作賭注，只有賭上這世界上最有價值的事物，那麼覺悟這個字眼才會產生機能。「我期待著。」伏朗托回應，並離開扶手，安傑洛直立不動地目送他離去。

「不要被他吞沒了。看不到每天那一束薔薇，也很令人寂寞。」

戴面具的臉隔著肩膀說道，讓自己幻視到面具下的藍色瞳孔。不可能會被吞沒的，我的生命與身體，都已經是您的一部分了。「是……！」安傑洛腳跟併攏，吞下湧上來的感情目送伏朗托離去。看著那早已將自己排出意識之外的背影遠去，吸進了「新安州」的駕駛艙之後，安傑洛回望掛在身旁懸架上的「羅森・祖魯」巨體。

已經喪失的右腕直接裝上專用護盾，對它來說，姆薩卡級的ＭＳ甲板太過狹窄了。包括內含擴散ＭＥＧＡ粒子砲的護盾以及收有對「獨角獸」用「特殊裝備」的背部貨櫃，眼前這一切都展現出超規格的巨大。安傑洛覺得現在的自己，就算與全世界為敵也不會輸。感覺這樣的威容與自己相襯，令安傑洛的嘴角上揚。與留下的左手一樣，直接裝在右手上的護盾能夠發射線控砲，並且由擴散MEGA粒子砲進行全方位攻擊。不管對手是新人類還是其他東西，想要止住單一的敵機動作，可說是毫不費力。而且又有「特殊裝備」，這次一定可以葬送掉「獨角獸」吧。連同那個擁有上校所認可的才能，卻用不負責任的漂亮話來否定我們的囂張駕駛員。

「巴納吉・林克斯。這一次就會結束了……！」

我要撕裂那淺薄的什麼可能性，向上校證明是他錯看了。安傑洛戴上頭盔，蹴離維修窄道的扶手。隆起的肩膀裝甲有如薔薇的花瓣般層層疊起，「羅森・祖魯」默默地等待主人的到來。

※

思緒搶先一步想不斷前進，卻被壓了回來，硬質的壓迫感從前方逼近。下一瞬間，壓迫感化為無數的飛彈被對物感應器捕捉，不到半秒便抵達接觸點。

這是進入暗礁宙域，突破第四群艦隊後發生的事。巴納吉在警報器響起前拉起操縱桿，將殘彈所剩無幾的對艦飛彈射出。他看到對艦飛彈在近距離炸開，並誘爆飛彈群的景象。不待陸續膨脹的爆炸光圈化為藍白色的氣體，下一波壓迫感從同樣的軌道逼近，兵分為二放出第二批飛彈。感覺到殺意源頭的神經傳遞到機體，推進器閃動的「獨角獸鋼彈」描出幾乎直角的軌跡。

機體上滿載的飛彈艙拖出噴射氣體，本身形狀看來就像飛彈的敵機急速逼近。看到擴大視窗顯示ＡＭＸ-１０２「茲薩」後一瞬間，巴納吉將卡在機體兩肩的超級火箭砲解除，拿在「獨角獸鋼彈」的雙手上。裝在砲身上的飛彈發射器九十度迴轉，與砲口對準同方向的同時，兩挺火箭砲與飛彈一起發射。初速比飛彈快的火箭彈在敵機的軌道上爆開，彈出數百顆鐵球之後，最後的對艦飛彈對準動作變遲緩的「茲薩」突進。

受到直擊的其中一機四散，化為一團火球之際，剩下的另一機將背部扛著的大型推進器棄開。捨棄掉埋入無數鐵球的推進器，「茲薩」露出ＭＳ的本體，外型短短的身軀與短胖的手腳，就像小一號的人偶。看起來就不適合進行空間戰鬥的機體，亂射腳部內藏的小型飛彈，拔出光劍突擊而來。不看自機性能，只知道橫衝直撞的駕駛員這不顧後果的打法，讓巴納吉還未感到驚訝，便先露出慍色。

「你自己來的……！」

躲開揮過來的光劍，交錯時踢向它的頭部，巴納吉對還想砍過來的「茲薩」擊發頭部火神砲，同時聽到身體發出軋軋響音。全身被60mm彈擊中，「茲薩」的機體被誘爆，爆風將「獨角獸鋼彈」推開，短時間內停止動作的「獨角獸鋼彈」回到原本的軌道。隨著G力降低，壓迫下半身的氣囊也縮起，積血的頭腦感到壓迫感漸漸遠去，可是那彷彿全身發生肌肉撕裂般不安且不快的感覺卻還留在血肉之中。

「這是第二十五……六嗎……」

肩膀因喘息而上下起伏，他打開頭盔的護罩擦拭臉上的汗。頭痛揮之不去。被壓迫的下半身留有麻痺的痛楚。用爆離栓分離清空的飛彈發射器，巴納吉檢查只剩下不到百分之三十的殘彈同時，機體橫向迴轉讓周圍的景象映入視野。只看得到大小不定，無數層浮遊的宇宙殘骸，「工業七號」的光芒仍然遠到看不見。後方看得到火球閃動著，那是打擊殘敵的「剎帝利」所引發的光芒嗎？

「跟瑪莉妲小姐離太遠了。『擬．阿卡馬』在……」

與「擬．阿卡馬」的雷射通訊已經斷訊很久了。在擴大視窗上叫出後方監視器的影像，巴納吉的手伸向飲用水的軟管。一剎那，刺耳的警報音響起，讓他反射性地關上護罩。

三架「吉拉．祖魯」坐在變形為MA的「卡．索姆」機上，由上方接近。在巴納吉緊張於自己居然沒能感覺到氣息的同時，三架機影分散，從「卡・索姆」放出的小型飛彈群在「獨角獸鋼彈」的周圍引爆。從爆炸光渦中千鈞一髮地脫離的巴納吉，將右手火箭砲中只剩一發的360mm彈發射出去。爆裂，而擴散為圓錐形的鐵球散彈收拾掉一架「卡・索姆」，脫離的「吉拉・祖魯」擊發甲拳彈。正打算立刻以光束格林機槍掃射迎擊的同時，視野一隅浮現紅色的文字，與接近警報不同音色的警報聲敲進巴納吉的耳中。

在閃動的NT-D訊號下方，駕駛員的生命訊號螢幕以紅色光芒閃動著。時限到了——竟在這種時候。「慢著，我還能打！」叫出的聲音被機體滑動收起的振動音所蓋去，敵彈往失去「鋼彈」外型的「獨角獸」集中而來。起爆的甲拳彈在全景式螢幕上塗滿了閃光，擦身而過的光束飛散粒子打在機體上。忘我地採取回避運動，巴納吉發出叫罵聲。

「不要擅自變回來！還有敵人！」

鼻頭深處突然閃過刺痛，讓他後續的聲音堵在喉頭裡。微溫的感覺從臉部中心散開，巴納吉看到從鼻孔中漏出的血液漂在眼前，而慌張地打開頭盔的護罩。用手撥開化為許多顆粒漂浮的鼻血，用手套背擦拭，同時對接近的敵人張開格林機槍彈幕。動作很明顯地變遲鈍了。只有思緒先行，機體與身體無法跟上。

「就因為這樣……！」

這樣下去回不了奧黛莉身邊，也沒有辦法幫瑪莉妲帶路去冰淇淋店，到極限了。將腦中浮現的言語趕離腦中，巴納吉將思緒集中在從三方向襲來的敵人上。他對從下方來的敵人丟出空的超級火箭砲，手伸向光劍。太慢，來不及。用光束斧斬開火箭砲，「吉拉．祖魯」藉著「卡．索姆」的推力飛到眼前。就在瞪大的眼睛看著它的單眼那一刻，突然從其他方向射來光束的軸線，被貫穿的「吉拉．祖魯」在極近距離爆發了。

「什麼……!?」

將因衝擊波動搖的機體重整態勢，目光往上下左右掃過。三點噴射光在遠處閃動著，光束的軸線再次噴來，他看到接近的敵機像是被吹開般地散開。接著似乎是榴彈的起爆光連續閃動，變為MS型態的「卡．索姆」在連鎖的火球之中被掩沒。這道光照亮了在一旁的「吉拉．祖魯」，也照亮了插手戰場的三架MS，各自擁有護目鏡型主監視器的深藍色人形烙在巴納吉的視野中。

「聯邦的新型?哪裡的機體?」

在這種狀況下他不認為會有援軍前來。巴納吉的準星對著三架機體。『「獨角獸」的駕駛員!聽得見嗎?』此時響起混有雜訊的聲音，讓他不知所以然地眨動雙眼。

『我們是隆德．貝爾的三連星，對你進行援護。在系統冷卻完成之前你先後退。』

一口氣說完後，站在前頭的一架繞到「獨角獸」的正上方，對接近的「吉拉・祖魯」張開彈幕。接著第二架給予半毀的「卡・索姆」致命逼擊，爆發的光芒讓第三架浮現在虛空之中。與另外兩架同型的機身上有追加裝甲，背負了兩門加農砲的重裝型擊發大型步槍，兩管槍口中射出二軸的光條。MA型態的「卡・索姆」被彈，陷入失速狀態的機體穿過巴納吉的腳底。

「隆德・貝爾的，三連星……？」

雖然感覺他們是自己認識的人，不過想不起來是在什麼地方擦身而過的。只能想到這與在「拉・凱拉姆」所看到的是同樣的機體，駕駛員技術相當地熟練，巴納吉將意識集中在掌握全體的位置關係上。看著互相照應的三機動作，自己也瞄準敵機。連動的四條火線閃動，讓殺來的小型飛彈群化為一個又一個的光球。

※

射完飛彈的「卡・索姆」遭到「傑斯塔加農」的砲擊而爆散。自己也用光束步槍射中「吉拉・祖魯」的腹部，奈吉爾感覺到後續機體接近的氣息，隔著全景式螢幕俯瞰腳邊的

「獨角獸」。

也許是感覺到增援接近了，獨角的白色機體從防禦陣中脫離。「聽我們的指示！」奈吉爾大叫著，將「傑斯塔」的推進器開到最大。

「我們的『傑斯塔』原本就是為了作『獨角獸』的後援而打造的。在你喘不過氣的時候，由我們——」

忍受壓迫眼球的G力，將收納在腕部側面的光劍拔出。接近「獨角獸」軌道的「吉拉．祖魯」也拔出光束斧，當雙方光刃交錯的下一瞬間，粒子束的刀尖貫穿了「吉拉．祖魯」的腹部。

「——收拾敵人。懂了就給我退後。」

背對著發電機被誘爆，化為巨大火球的「吉拉．祖魯」，奈吉爾說完剩下的話。『可是……！』『軍人說什麼「可是」！』「獨角獸」駕駛員的聲音被華茲接著的咆哮壓下，新逼近的敵方編隊，射出的光彈從奈吉爾機的頭上擦過。

『我現在先不問你的身分，不過你要有覺悟。等越過這難關，我會好好問清楚是怎麼一回事。』

接手的「傑斯塔」戴瑞機張開彈幕，牽制飛來的敵方編隊。敵人是組成鑽石方塊型的四機編隊，有「吉拉．祖魯」與「吉拉．德卡」各兩架。在確認擴大視窗上被補正的CG圖像時，「獨角獸」退到戴瑞機的後方，配合華茲的「傑斯塔加農」動作噴發姿勢控制推進器。對前頭的「吉拉．德卡」擊發光束步槍，奈吉爾將自機移向形成三角陣型的位置，他看著持續恰好定位在陣形中心軸的「獨角獸」舉動而感到驚訝。如果沒有完全把握三機的動作，是沒辦法留在防禦陣形中心這麼久的。

「判斷力真好……」

駕駛員是什麼人？被現在才湧現的好奇心驅使，奈吉爾視野的一隅瞄向映著白色機體的擴大視窗。視線一角突然閃了一下，剎那間與眼前敵機不同層級的壓迫感襲來，反射性地做出動作的手腳讓「傑斯塔」垂直上升。

「散開！」

對突然叫出的聲音，戴瑞與華茲也以脊椎反射的速度移動機體。同時粗大的MEGA粒子光軸從腳邊流過，奈吉爾看向光束的飛來方向。是艦砲射擊——正面感覺得到敵艦所形成，有如牆壁般的壓迫感。由五感以外的知覺所帶來的那股感覺，接下來分散成細小的殺氣貫穿奈吉爾的腦髓，感覺化為聲音從口中喊出：「華茲！」

『看見了！』

華茲回應，「傑斯塔加農」的全火力往光束飛來的方向一起射擊。光束加農、步槍與格林機槍連續張開火線，讓乘著艦砲射擊接近，兩機編隊的「卡薩D」化為火球。其間往「獨角獸」殺去的「吉拉·祖魯」，也被大喝「休想過去！」的戴瑞化為火球，奈吉爾對著被爆炸光照亮的「吉拉·德卡」投擲手榴彈。油桶尺寸的手榴彈在「吉拉·德卡」的懷中引爆，膨脹的光輪包圍了墨綠色的機體。接著以瞬間冷卻，化為藍白色氣體的爆炸痕跡為背景，帶有袖飾的機械臂邊迴轉邊被吸入虛空。

連續失去僚機，顯露出動搖的敵機退卻而去。轉瞬間就擊破一個中隊規模的敵人——就算是以新兵為對手的模擬戰，也沒有賺過這麼多點數。『嘿嘿，狀況好到可怕。』對華茲這句話沒有意見，奈吉爾吐出屏住的氣息。『就是啊，好像背上多了眼睛一樣。』聽到戴瑞也跟著說的聲音，他看向位於三角陣形中央的「獨角獸」。

「是因為那傢伙的關係……？」

沒有道理可言，可是，以接觸「獨角獸」為契機，毫無疑問地感覺有某些事改變了。互相感覺對方的知覺、自己的存在逐漸變大的覺醒感。在地球面對面時只感到壓迫感的白色機體，現在卻帶著某種親和性包覆著我們。如果這彷彿讓腦袋蠕動的知覺網路，就是將我們呼喚到這裡的力量真相的話——

沉重、銳利的敵意插入共感的知覺，讓四機同時散開。光束光隨後交錯，飛散粒子打在千鈞一髮地躲過的「傑斯塔」機體上。與先前的敵人種類不同，強力的敵人。一瞬間理解的身體自動做出行動，奈吉爾在交叉的光束另一頭找尋敵意的源頭。

與艦砲射擊飛來的方向相同方位——可是，不一樣。光束的光軸從背後、從腳邊、從斜上方伸展過來，翻弄著各自進行回避的四架機體，同時核心不明的殺氣之網從四方逐漸逼近。『嗚！』『這傢伙是，那時候的……！』華茲與戴瑞的聲音相繼發出，奈吉爾起雞皮疙瘩的肌膚感覺到了那物體的存在。物體像甩動鞭子般揮動粗長的線控砲纜線，全方位攻擊的火線毫不休息地閃動，此時背負著噴射光的異形一瞬間在全景式螢幕視野中閃過。

「是那架薔薇形的ＭＳ嗎……！」

異常地隆起的肩部裝甲所形成的獨特外型，讓人想忘都忘不掉。是與紅色彗星的「新安州」一起，將「凱洛特」與「坦奈鮑姆」所組成的第十六任務隊逼至毀滅的紫色機體。與那時候一樣，線控砲的砲擊擦過機體，再次從其他方向飛來的光束，縱貫三連星的三角陣形。奈吉爾看到紫色機體的背後，跟著兩架帶有長管砲的「吉拉．祖魯」。『請退下！』發出的聲音讓自己想突擊的舉動止住了。

『後續的敵機麻煩你們了。這傢伙的目標是……！』

話還沒說完，「獨角獸」被背部的推進火箭推出，往蔷薇的機體突擊。跟著它追去的線控砲讓光束不斷交錯，白色的機體在其中有如蝗蟲般跳動並遠去，讓奈吉爾對那連援護都來不及的速度啞口無言。『隊長！』被戴瑞飛來的叫聲喚醒，他連忙再次握住操縱桿。

「聽從『獨角獸』的指示。紫色那傢伙出現了，那麼紅色彗星應該也在附近。多加注意！」

一口氣下令之後，他交換了光束步槍的能源匣。接近的兩架「吉拉・祖魯」再次擊發光束砲，奈吉爾看到高出力的ＭＥＧＡ粒子彈照亮戴瑞與華茲機，他屏氣凝神，扣下扳機應戰。雖然對付雜兵不是我們的工作、自己也不能全面性接受這不可思議的知覺。不過，現在這樣做比較好，在這戰場上聽從「獨角獸」的指示才是正確的，這樣的想法無疑的已經出現在奈吉爾心中。

※

射出背部的光束格林機槍之後，手指壓在左腕架起的超級火箭砲扳機上。同時，從正下方打上來的光束直擊火箭砲的砲身，讓巴納吉被彈開的同時放開了火箭砲。

內部彈體被誘爆的超級火箭砲遭到光圈吞沒，爆炸的衝擊波搖動了「獨角獸」。NT-D的訊號還沒有亮起，機體的反應仍然很慢。巴納吉燃燒所剩無幾的推進器燃料，暫時離開「羅森・祖魯」。繞到背後的光束砲台兩三次閃動，讓MEGA粒子的光軸在「獨角獸」身旁交錯。

「感應砲……不對，是有線的。」

畫出長長的弧形而伸長的纜線，不時被光束光照耀而浮現在黑暗中。從「羅森・祖魯」的兩腕伸出的砲台，一座是擁有機械臂機能的勾爪型，另一座是裝備了MEGA粒子砲的護盾型——這座十分恐怖。似乎是備有偏向機能，從三個砲口噴出來的光束會擴散，在廣範圍內灑下高熱粒子。擊發六管的光束格林機槍，巴納吉牽制著人稱線控砲的遙控砲台，並拔出光劍往纜線突進。只要切斷纜線，線控砲就會失去作用，不過對方也不會讓自己輕易得手。就像在嘲笑動作遲鈍的「獨角獸」一樣，高速驅動的線控砲展開交叉火網，傳遞著波形的纜線像是要絆住自己的腳般交錯著。

「好快……！」

——你去死吧。

隔著蠢動的纜線捕捉到「羅森・祖魯」本體的一瞬間，那「聲音」化為冰冷的暴風在腦中吹襲。「什麼……!?」巴納吉呻吟，在交錯的光束中追逐著馬上又消失的紫色機體。

——看了有夠不爽的，裝什麼好孩子樣。

含刺的「聲音」從背後貫穿頭蓋骨，擴散光束的粒子像雨滴般灑向「獨角獸」。雖然左右的護盾展開，張開了I力場之傘，不過全精神感應框體還沒有展開的跡象。對失去「鋼彈」之眼的「獨角獸」，線控砲有如毒蛇般咬來，銳利的勾爪千鈞一髮地擦過腳踝。

「還沒好嗎，『獨角獸』……!」

——你是污點，污染了潔白床單的污點。我要親手抹去你。

繞到正面的毒蛇，露出勾爪之牙張大嘴巴，從它的口腔深處露出三連裝砲口，就在MEGA粒子光滯留的瞬間，復原的NT-D訊號亮起紅燈。

「來了……!」

從頭蓋內側散發的衝動，化為薄弱的光芒在額頭爆開，就在「獨角獸」的獨角展開成兩片——的零點一秒前，『休想!』現實的聲音響起，從「羅森·祖魯」的背部陸續射出小型的物體。

六座看起來似像非像小型飛彈的筒狀物體，劃著Z字軌跡包圍「獨角獸」，並且各自變形，展開有如天線的放射板。一瞬間，NT-D的訊號急速閃爍，已經在張開過程的框體收縮起來，發生問題的精神感應裝置陸續跳出警告畫面。與機體相通的神經碎裂、被拔起的痛楚在頭蓋內側爆發，巴納吉不顧一切地發出慘叫。

無數的警告畫面堆疊在全景式螢幕上，閃動著通訊中斷的紅色文字。被強制停止張開的可動式框體擠壓磨擦，正要滑動的每片裝甲板擅自抖動著。在要開卻沒有開，受到內壓而小幅度震動的獨角下，精神感應框體也重複著不規則的閃動，巴納吉讓劇烈閃動的光芒映入網膜，卻無計可施。什麼？發生了什麼事？意向自動擷取系統完全沒反應。被看不見的波動壓抑，「獨角獸」像觸電的人一樣僵直著。

「精神感應系統被遮斷了……？」

包圍機體，以各機為頂點形成正八面體的六架小型機——這像感應砲一樣的物體就是元兇嗎。巴納吉拉起操縱桿，對著被準星捕捉的物體揮下光劍。噴射推進器的物體閃過斬擊，其他五機也跟著移動，繼續維持住正八面體。揮空的機體才很難看地迴轉，飛進八面體內側的線控砲便打在「獨角獸」的背上，讓巴納吉這次被物理性的衝擊所貫穿。

『精神感應干擾器的滋味如何啊？結果，你沒變成「鋼彈」的話什麼也做不到。』

線控砲抓住右側的推進火箭，安傑洛的聲音透過咬進裝甲的勾爪傳來。在口中複誦精神感應干擾器這個聽不慣的名字同時，咬在背後的線控砲吐出MEGA粒子之炎，讓巴納吉看

到全景式螢幕被灼熱的顏色所渲染。

極近距離的一擊，讓內部燃料被誘爆的推進火箭化為巨大的火球。雖然及時分離，但「獨角獸」被膨脹的衝擊波擠壓而陷入失速狀態，急速迴轉的星空埋沒了巴納吉的視野。像感應砲的精神感應干擾器包圍失速的機體，繼續放射著看不見的力量。隔著再次如蛇首般襲來的勾爪，「羅森・祖魯」的巨體閃動著單眼——

『結束了，巴納吉・林克斯！』

安傑洛因喜悅而走調的聲音，刺穿了汗毛倒豎的身體。讓巴納吉聞到了死神的口臭味。

※

從達卡機場，搭乘亞納海姆電子公司所包下的極超音速客機(HST)三個多小時。橫渡大西洋，跨越三分之二的北美大陸後，抵達了聯邦空軍夏延防空司令基地。

從舊世紀時就使得牛馬比人多的地勢，經過一年戰爭的慘劇，到今天仍然沒變。看著遠方洛磯山脈沉在破曉前的黑暗，HST在懷俄明的大平原降下，並將起落架降落在唯一被水泥覆蓋的基地跑道上。受到司令幕僚群的迎接，與瑪莎一起坐上軍用電動車的羅南，還沒時間眺望無月的夜空，就被帶進了地下的防空司令部。

穿過通在山麓的隧道狀入口，司令中心就在一點六公里深的坑道末端。這對羅南來說是認識的地點。這是很久以前，這一帶還被稱為美利堅合眾國的時候，為了預防敵國的核子攻擊而在山脈中建造的地下基地，設備與系統都與當時沒有什麼改變，留著用以監視北美地區的防空情報。戰後，在監視衛星與雷達網分斷的狀況下使它只是廢物，而成了由被降職將兵不為人知地進行管理的場所，但也因為它不容易受注目的環境，讓它這數年成為某個特殊設備運作的場所。

當瑪莎說「祕藏的解決手段」時，羅南就已經預料到是這裡。軍事機密之牆，在她的立場面前派不上任何用場。就跟之前一路上一樣，羅南沉默地過著車內的時光，無心地看著可以說是舊世紀遺跡的坑道。敞篷的軍用電動車一路穿過夏延山的地下，穿過重達二十五噸的防爆門，一行人抵達防空司令部的中樞。

走在沒有整平過的水泥通道上，靠著幕僚們引導穿過三層的安全檢查後，到了目的地。穿過唯一一處全新的衛星管理中心門扉，羅南看到了與之前看過的照片上相同的景象。

正面牆上嵌有六面大型螢幕，投影出管理對象的雷達及衛星監視影像的狀況資訊，前方有二十名以上的管制員正面對著各自的終端機。「ＭＡＲＫＥＲ Ｖ，鋪設完畢。」「測準支援艦『千歲』，由射線上退後。」連續發出報告聲的男女們面露緊張，實戰中的氣氛不由分說地傳遞過來。聽著鐵製門扉在背後關上的聲響，羅南環顧了與自己也並非無緣的機密中樞。這裡常駐著有資格接觸機密事項的特遣部隊，與管理基地的降職組分別進行任務。夏延基地會被評為舊世紀的遺物，只不過是為了隱瞞這裡存在用的表面形象罷了。

「『系統』，由『月神二號』背後移動。」

「姿勢控制開始。自轉重開，迴轉儀確保安定。」

「準星誘導管制，與導航雷射確認連線。」

管制員們的聲音在挑高的天花板下響著。**那玩意兒**似乎已經在啟動狀態了。不知道她是怎麼控制局勢的，對早已做好的準備感到不滿，正想瞪著一派輕鬆的瑪莎看，卻聽到後面傳來「歡迎來到『高加索之森』」而回頭。管制室後方，一位將官站在半層樓高的司令席上，用淺黑色的臉孔看向自己。

「我是司令艾布爾斯中將，以前我們曾經在月神二號盃高爾夫比賽上打過照面。」

「我記得。看來我與瑪莎小姐共同的友人還不少。」

回握伸出來的手，他再次瞪向瑪莎。表面上擔任降職組墓地的基地司令，卻身懷連部內都只有一小部分人知道的祕密任務，其實充滿出人頭地野心的菁英將官。雖然要推測他與靠著畢斯特財團的威權，干涉參謀本部的女狐狸之間有什麼關係很容易，不過現在不是互扯後腿的時候。沒有看向行注目禮的艾布爾斯，「可以聽一下狀況嗎？」瑪莎開口催促，羅南的視線回到了正面的螢幕群上。

「由於是從月面來的觀測情報，詳細並不清楚。不過『帶袖的』的包圍網似乎逐漸被突破。戰鬥仍然持續著，無法妄下定論。」

螢幕的其中之一，映出從月面拍攝到的宇宙實景。閃動的光芒混在群星之中，外行人根本看不出什麼苗頭。「『工業七號』那邊呢？」瑪莎問道。

「目前正實施航道管制。管制後到現在為止，還沒有入出港的船隻。由於在先前的恐怖攻擊中受到損傷，殖民衛星建造者似乎也沒有啟動。」

影像切換，螢幕投影出建設中的密閉型殖民衛星。宇宙殖民地的形狀本來應該每個都一模一樣，不過那其中一端連接著殖民衛星建造者的獨特形狀，讓人看得出來是恐怖攻擊事件時被大幅報導的「工業七號」。由於是工業殖民衛星，理應二十四小時都有船隻出入，不過港口附近的確連一盞航宙燈都沒有。殖民衛星建造者也保持沉默，它那有如蝸牛般的外形沉浸在暗礁的宇宙之中。

「已經瞄準完成，進入自動追蹤了。考慮到射線上存在有許多宇宙殘骸，目前預定用百分之五十的出力進行照射。雖然是修復以來第一次進行實彈射擊，不過驅動狀況沒有問題。可以把對殖民衛星的影響壓到最低，只狙擊殖民衛星建造者。」

艾布爾斯說完，瑪莎緊接著說道：「就是這樣，羅南議長。」羅南嚥了一口唾液。

「接下來就只需要你的同意了。這樣一切都會解決。」

實施後對政府內部的說明，媒體操作。設想到移民問題評議會與畢斯特財團兩者聯手都難以應付的事後處理，瑪莎的表情卻冷淡到令人發寒。沒有立即回答，凝視著影像中的「工業七號」，羅南聽到管制員的聲音：「監視衛星K7，捕捉到『系統』。」

「擴大影像。」艾布爾斯下令。中央的螢幕上映出從低軌道拍攝的地球，行星的輪廓被薄薄的大氣層包裹，並分階段放大。就在太陽從地球的背後透出曙光的同時，影像經過防眩遮罩處理後往太陽接近，擴大了逆光中浮現出的筒狀物體。

環繞在地球與月球所做出的重力平均點之一，L3共鳴軌道上的物體，遠遠看來與「工業七號」一樣，是隨處可見的密閉式殖民衛星。可是它的全長只有一般殖民衛星的一半，然而周圍展開的太陽能發電面板數量卻不成比例地多。最異常的，是殖民衛星的一端像被斬斷般露出斷面，將內側的空洞暴露在虛空之中——這看起來如同極大水桶的模樣，很明顯地沒有考慮到讓人類居住。是殖民衛星卻又不是殖民衛星，異形的構造體。有著全長十五公里，直徑六公里多規模的物體是……

「殖民衛星雷射，『格利普斯2』，將殖民衛星本體轉用為砲身的究極破壞兵器。」

瑪莎說道。沒有在意往她的臉孔瞄去的艾布爾斯，羅南繼續看著螢幕。

「雖然因為戰後的內亂而惡名遠播，不過卻偷偷地修復，編進軍隊重編計畫……真是好眼光呢，是設想到會有這種情形嗎？」

往自己看來的目光，帶有揶揄的神色。羅南不禁回瞪著她正想開口，不過被一句「『擬·阿卡馬』與『獨角獸』已經進入暗礁宙域」打斷，讓他無言地看著瑪莎的側臉。

「我們也在想其他對策，不過無法保證能夠確實阻止他們。要是察覺他們或新吉翁，其中一方有接觸到『盒子』，到時候……」

就沒有選擇的餘地了，她的眼神說道。使用有殖民衛星規模的雷射砲的話，大部分的事情都可以解決。握潰掌心中滲出的汗水，羅南看向映著殖民衛星雷射的螢幕。

人稱只要用最大火力進行照射，便可以讓整座宇宙殖民地消滅，那前所未有的兵器。正從遙遠的高度眺望拿著它扳機的自己，「格利普斯2」用巨大的砲口對準「工業七號」——對著「拉普拉斯之盒」所沉眠的暗礁宇宙中。

2

地球與月球之間所出現不均等的引力干涉，會讓真空的宇宙中產生容易堆積垃圾的區域。當然，它們並不是留在其中一點，而是全區以秒速幾公里的速度持續移動著，不過只要進入其中，配合上相對速度，體感上就與飛在無數隕石群浮游的空間沒有兩樣。由被破壞的殖民衛星所流出的土砂、戰艦或ＭＳ殘骸所形成的隕石群，是花上百年也無法清除的過去戰爭遺物。感覺好像連被殺之人的靈魂都迷途於此，駕駛艙流入寒冷的氣息。

不，這樣說不對。也許讓人感受到寒意的，是這一瞬間交錯的那複數殺氣，散在虛空中那些魂魄的吶喊。利迪·馬瑟納斯抬起頭來，凝神看向在前方閃動的戰火。微微可以隔著漂流的殘骸，看到不斷閃動的細微光芒。沒有聲音也沒有熱度，真空的戰場。從那其中傳來令人起雞皮疙瘩的冷氣，帶來某人的聲音——

「這種感覺……是巴納吉嗎？」

按著感受到輕微衝擊的頭部，他自言自語著。他很清楚是自己太敏感了。與全精神感應框體連動的「報喪女妖」精神感應系統，有時會讓駕駛員的感應波漫射，使感知野響起雜音。在這種距離下，不可能感覺到特定對象的感應波。雖然斷定是自己想太多而搖著頭，不過巴納吉這沉重無比的名字，伴隨著令人想吐的苦澀留在他的口中。

「奧黛莉……米妮瓦．薩比嗎……」

這股苦澀，喚來了其他名字。已經連自己的感情都無法判斷，眺望著插在胸口的刺，自問著：我在這裡做什麼？下一瞬間，『特務少尉少爺，聽得見嗎？』不甚客氣的聲音從接觸回路傳來，利迪連忙重新靠著線性座椅的椅背。

『「雷比爾將軍」傳來奇怪的通訊。聽說那位亞納海姆的大人物，正搭著噴射座前來這裡。』

「是亞伯特嗎……？」

利迪不禁回問，並把與主監視器連動的視線向下看去。「報喪女妖」趴在噴射座的台座上，從握住握把的兩隻機械臂之間，可以俯瞰噴射座的機頭。雖然看不到被裝甲板覆蓋的駕駛艙內部，不過可以想像到，凡事得請示頂著特務少尉頭銜的小鬼意見的機長們，用無精打采的臉色互望的模樣。對於老資格的軍人來說，沒有比仗著特權，凡事都保持緘默的不可愛小鬼更令人不爽的了。

而那特權的後盾——亞伯特正往這裡前來。在九個小時的飛行中，一直徹底當個貨物的身體竄過遲緩的震動，利迪豎起耳朵聽著接觸回路的聲音。機長似乎一開始就沒打算多問，『好像運來了「報喪女妖」的支援物資吧。』他用無所謂的聲音回答。

『就位置上來說，馬上減速的話再一個小時就可以接觸了。要等嗎?』

「支援物資的內容是?」

『不知道。殘骸太多，雷射通訊沒辦法維持。要走要等，就讓你決定了。』

將自己定調為搬運工的機長，聲音中感覺不出諷刺之意。利迪的視線回到正面，看著由ＣＧ重現的宇宙中，在遠方閃動的爆炸光。

進入暗礁宙域過了三十分鐘，戰火的亮度著實地在增加著。就算是已經分離了推進器的噴射座，離抵達戰鬥區域也花不到一個小時吧。亞伯特會特地跑一趟，一定是有他的理由，等他也許會比較好。不過在這期間，戰局不曉得會有什麼轉變。要是由「獨角獸」在前方引導的「擬·阿卡馬」，抵達了「拉普拉斯之盒」的話?

寒意傳遍全身，讓他起了雞皮疙瘩。顛覆世界的「盒子」開啟——比那更重要的是，要是自己就這樣與事態完全搭不上邊，一切卻已經結束，這更讓他感到恐懼。腦中並沒有多想原因為何，只在心中決定不能等下去，利迪用僵硬的聲音對無線電說：「繼續前進。」

「維持現行速度。照預定，在『工業七號』的南面伏擊敵人。」

雖然他也在意支援物資的內容，不過這麼短的時間內，就算開玩笑也不可能會是開發了新裝備。為了防止「盒子」的開啟，為了維護世界的秩序，就算單槍匹馬我也要達成任務。他在內心低語：這是自己來到這裡的理由，但是精神感應裝置迴響出的雜音卻問他：是嗎？感覺被那雜音敲了一下頭的利迪，沒有確實把機長回應『了解』的聲音聽進去。

咬住嘴唇，視線看向遠方的戰場。在周圍流動的宇宙殘骸動作遲緩，因而感覺不出來自己正在高速移動。想到這如同與世界切離的寂靜還要再持續將近一個小時，讓他產生就算用完推進劑也要加速的衝動。

※

設置在後部引擎區的四具近距離防禦武器(CIWS)，擊發對MS用的60mm機槍彈。被交錯的火線所追趕，「吉拉．德卡」繞到艦尾方向，並用手持的光束機槍瞄準「擬．阿卡馬」的主推進器。

在它的砲口射出MEGA粒子彈前，潛伏在艦上的「洛特」蹬了一腳甲板，連射固定裝備在右肩的格林機砲。就算是「洛特」這樣比平常的ＭＳ還要小上兩圈的小兵，仔細瞄準過的實體彈火線仍然打入「吉拉・德卡」的腹部，讓機袖飾有吉翁徽章的機體被誘爆。爆炸的光環在「擬・阿卡馬」的艦尾膨脹，衝擊波與碎片從立刻趴在甲板上的「洛特」頭上吹過。船體受到碎片擊中而軋軋作響，看到外部監視螢幕被白光籠罩的奧特，用不輸爆炸聲的音量大吼：「趁現在！」

「讓Ｊ００６（茱麗葉）回艦。各整備員，準備好了吧？」

在受到衝擊而搖晃的艦橋中，響起整備班的回應：『七分鐘可以完成！』後部監視器的影像照著「完全型傑鋼」的機身。兩肩的對艦飛彈用光，搖搖晃晃地前往著艦甲板的粉綠色人型，就算遠看也看得出已經消耗到宛如行屍走肉。看那個樣子，必須張開緊急用著艦網。想到要是收容時被狙擊可就不妙，奧特目光掃過左舷側偵測畫面的瞬間，一架近距離劃過的「吉拉・祖魯」機體讓他背脊一涼。

看到它的右臂漆有像識別章般的線條，奧特鬆了口氣。畫有公國軍代代相傳的防空識別帶，這架「吉拉・祖魯」是我方的沒有錯。它是識別代號Ｇ（高爾夫）的葛蘭雪隊機體。

「護航各機，由於茱麗葉6的後退讓本艦防禦力下降百分之三十。採取密集陣形，專心在單艦防禦上。」

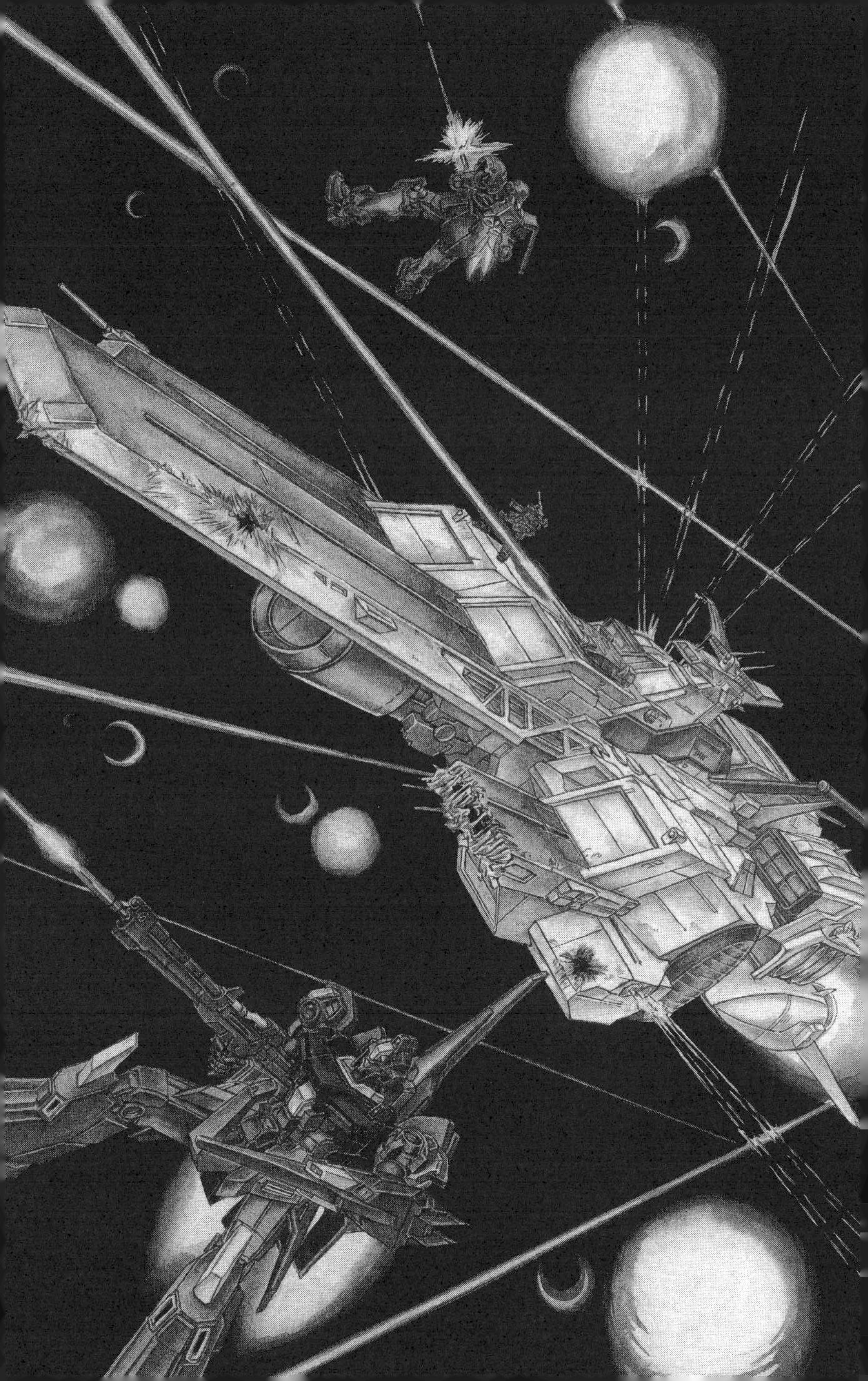

「後續大量敵機前來。游標編號十三的『姆薩卡』，即將進入射程範圍。」

偵測長報告的聲音蓋過美尋少尉的聲音。奧特從艦長席探出身子，對前面操控台的航海長下令：「就交給你來閃避了。」

「敵艦的舵仍然健在，會狙擊而來啊！」

不待複誦，他抬頭看向正面主螢幕上所映出的三個光標。兩艘姆薩卡級與偽裝貨船所形成的艦隊，組成三角陣形在前方展開，從它們的動作看來仍然維持著機動力。既然是先行的「獨角獸」唯一漏掉的艦隊，那麼火力必定也完全健在，可說是用「擬．阿卡馬」單艦難以對付的對手。

從戰鬥開始，已經過了兩個多小時。雖然突入了暗礁宙域，不過突破防空圈的ＭＳ數量也大增，護航的每架機體都處於應付不來的狀況。不只是因為浮遊的宇宙殘骸成為迎擊的阻礙，還有那本來都會在「擬．阿卡馬」前方張開的「鐵壁」不在了的感覺——蕾亞姆、坐在司令席上的米妮瓦，以及艦橋中的所有人都感覺到了。我們太過依賴他，現在該付出代價了嗎？看著不斷壓制而來的敵機光標，咬緊了牙關的奧特，聽到「聽說『獨角獸』的行動停止了!?」這句話而看向背後。

一件胸部有亞納海姆公司徽章的太空衣，喘吁吁地飛進艦橋。看到頭盔中的艾隆的臉，奧特想起是自己叫他來的，回應「在五分鐘前」，並操作扶手上的操控台。

「因為是光學觀測，沒辦法知道詳細狀況。雷射通訊也中斷了。」

在主螢幕的一隅，插入了顆粒極粗的望遠影像。那好不容易才能辨識出是「獨角獸」的CG補正影像，從剛才到現在幾乎沒有移動。就算閃避著由四面八方射來的光束，但是它那在同一個地方不斷打轉的模樣，就好像被看不見的蟲籠所補捉的昆蟲軀體。在上千公里之外的空間中孤立，遭逢某些異常的那道「鐵壁」——之前幾乎單機將新吉翁艦隊給無力化的RX-0。「這是……」發出低喃的艾隆在艦長席旁僵立，從窗戶照進來的爆炸光照亮了他蒼白的臉色。

「我聽說NT-D有啟動時間限制。如果停滯是因為這樣，那麼有必要召回巴納吉。」

頭盔被同樣的光芒照亮，米妮瓦用壓抑的聲音說道。不需要看她顫抖的眼神，也可以想像到她的內心其實是想要吶喊的。艾隆目不轉睛地看著影像，慎重地回答：「這的確有可能是原因之一。」

「可是，巴納吉他完全操控了『獨角獸』。而且也有資料顯示出，是可以調節給肉體的負擔，延長時間限制的。會讓他無法行動到這種程度也太奇怪了，簡直就像精神感應裝置被妨礙了一樣。」

「精神感應妨礙……？」

對這沒有聽過的說法，米妮瓦比奧特更早回問。艾隆的目光總算從影像離開，「雖然與電波的性質不同，不過感應波也是波動的一種。」他配合手勢解說著。

「要妨礙波動，只要用更強的波動去衝撞抵銷就行了。獨角獸型也有這種機能。」

「新吉翁他們有這種兵器？」

「要支配並操縱，需要引用全精神感應框體的高度演算能力。不過，如果單純只是要妨礙的話——」

轟的一聲，足以舉起船體的震動，壓過了他接下來的話語。因衝擊而一時加速的船體，將全員的身體壓在座椅上。抓住差點被甩向艦尾方向的艾隆手臂，奧特忍受著從前方傳來的壓迫感，「直擊！是茱麗葉6！」聽到蕾亞姆發出的聲音讓他心頭一凜。

『著艦甲板，大破！隔牆封鎖，快！』

「『剎帝利』被穿過了！從正下方急速接近的敵機，四架！」

「茱麗葉6，斷絕聯繫。馬可中尉他……！」

『還會打過來！ECOAS的「洛特」快繞到艦底部！』

『後方第三主砲似乎被茱麗葉6的爆炸波及。砲身毀了！』

無線電中的聲音與交錯在艦橋的人聲重疊，礙耳的警報聲攪動混亂的氣氛。降落在著艦甲板的瞬間遭到狙擊的「完全型傑鋼」爆炸，並波及到「擬．阿卡馬」的艦尾部。看著其中三分之一失靈的外部監視螢幕，確認了艦甲板熔化得歪七扭八的慘狀，奧特大叫：「砲雷長應該去了第三主砲那裡，叫他回應！」由於動力連線的修理上似乎有問題，十分鐘前砲雷長就離開艦橋了。同時聽著其他頻頻傳來的損傷報告，美尋的細弱聲音回報：「沒有回應。恐怕是受到爆炸波及……」雖然已經料想到了，奧特仍然感覺到腦中一片空白。

視線被引往空著的砲雷長座位，奧特變得無法動彈。「艦長……！」蕾亞姆似乎看向自己低聲叫著，不過自己沒有神經可以做出反應。迎擊敵機、對破損部位的緊急處理。需要確認的事情多得像山一樣，可是卻發不出聲音。腦中的空白逐漸擴大，思考逐漸被空白吞噬。死了多少人？奧特在虛無之中低喃著。被這一開始就沒有勝算，甚至不是正規軍事行動的作戰拖下水，到底有多少組員被我這無能的艦長害死——

「到此為止了嗎……」

無意間流露的聲音，讓蕾亞姆的臉部抽搐，也感覺到米妮瓦與艾隆倒抽了一口氣。不是單純少了那「鐵壁」那麼簡單。透過「獨角獸」的存在才互相連在一起的全體意識被切斷，這被孤立的感受讓人迷失了方向。奧特避開每個人充滿不安的視線，仰望主螢幕，注視著馬上要進入射程範圍的敵艦隊光標。也許是在警戒著超級ＭＥＧＡ粒子砲，排成三角陣形的敵艦，每艘都隔著不短的距離。現在的「擬・阿卡馬」火力並不足以對三艘同時瞄準。很明顯就算好運地擊沉了一艘，也會遭到剩下兩艘的集中砲火攻擊。

發出撤退訊號叫回「獨角獸」，並且離開目前的宙域。要這麼做，只有趁現在敵方的砲火還沒展開前才有機會。回望一直盯著自己看的蕾亞姆，奧特閉上了眼睛片刻，並緊緊交握放在膝蓋上的雙拳。撤退，凝聚成形的這句話含在口中，當他睜開雙眼時，一聲粗獷的「等一下！」在背後響起。

「慢慢地九十度迴轉，同時順著流勢往現在方向前進。在進入射程的同時砲擊，狙擊中央的司令艦。」

穿著太空衣的粗壯身軀繼續說道，並往艦橋中央走去。看到那昨晚才隔著槍口面對面的男人，驚訝地張開嘴巴的時間不到一秒。「辛尼曼……」聽到米妮瓦低語的聲音，奧特看到蕾亞姆用充滿殺氣的臉色從座位猛然起身，他馬上回嗆道：「你是說要我們用側面對著敵人嗎？」辛尼曼點頭。

「剛才這場爆炸，會讓對方以為我們遭到重大損傷了。只要裝出陷入漂流狀態的樣子，那麼敵人便會採取密集陣形並準備進行同時射擊，而不會馬上打過來。」

「根據呢?敵人可是會警戒著超級MEGA砲，而一直採取散開戰法的。」

「坦尼森艦隊最注重臨機應變。因為有著要是喪失良機會被指揮官痛扁的想法，所以我們一旦現出弱點，他們便會反射性地行動，尤其還是在對他們來說如同後院的暗礁宙域。」

這在司令領導力夠強的艦隊中，是常有的事。奧特仔細凝視著從昨晚的變亂以來，就一直躲在拘留室的男人目光。「可是，『獨角獸』無法行動。」奧特回過頭，看向以冷靜的語氣插嘴的艾隆。

「他被妨礙精神感應裝置的兵器阻礙，而無法變為『鋼彈』。要是沒有『獨角獸』，就算這樣前進——」

「沒問題，那個小鬼會撐過去的。」

「可是……!」

「『獨角獸』不是搭載了辨識新人類的系統嗎?你覺得真正的新人類，會因為妨礙電波就失去力量嗎?」

艾隆與奧特都一樣因為這意料之外的理論而愣住，「這個……」艾隆啞口無言。辛尼曼的目光從他身上移開，並看向光束光閃動的窗外，「我不懂機械的原理，可是我了解那個傢伙。」他用強烈的口吻強調著。

「至今他都撐過來了，現在只能相信他。只差一口氣就可以突破了……！」

相信本身就如同賭博——看著目光與說出這句話時判若兩人的辛尼曼，自己似乎可以體會辛尼曼來到這裡的理由了。奧特看著望遠畫面中，還被無形的網子拘束住的白色機體，無線電傳來『艦長，我也有同感』的聲音。

『我聽說拉普拉斯程式的基礎，建立於不可知之知上。真正的新人類會超越數值。我想並不是去識別固定的感應波，而是那些無法識別的「波動」，才是分辨真品的與人工物的要因。』

是賈爾。連他話中的一半內容都無法理解，讓奧特看向艾隆。「不可知之知……」艾隆低語，瞇起的目光看向遠方。『我也不懂機械的原理。』賈爾的聲音再次響起。

『不過讓我們相信吧！相信「獨角獸」所展現的可能性。在這裡撤退的話，我們會失去某些很重要的東西。不只是「拉普拉斯之盒」，還有某些重要的——』

巨大的光芒在窗外閃現，有如爆風般的衝擊波搖動了艦橋。船體的軋軋聲與電波障礙的雜訊一起響起，使得接下來的話語無法聽清楚，不過反正也沒必要聽完了。空白的腦海中填回某些東西，奧特環顧了所有人被爆炸光照亮的臉孔。辛尼曼、米妮瓦、蕾亞姆、艾隆，以及美尋等老班底的值勤人員——除了「相信」以外毫無任何後盾，只是受到亂來並且毫不考慮後果的衝動所支配，那一張張的臉孔。現在撤退會怎麼樣？地球圈的人口多達百億，命運卻選中我率領這四百多人站在前線上。要是在這一刻選擇臨陣脫逃，是要我跟誰搖尾乞憐？

「取俯角十同時在原地回頭，左八十。以慣性航行並維持現行航道。等待敵人採取密集陣形後，首先狙擊游標十三號的『姆薩卡』。」

這也許是身為艦長下的最後一道命令。在腦海的一隅想著，奧特說完剩下的話：

「接著是十四號、十五號，目光不要從敵艦的動作上移開，機會只有一次。」

所有人點頭，並且面向各自的操控台開始進行複誦及傳達。感覺著艦體的大幅轉舵，奧特看向辛尼曼。對上的目光馬上又移開，那張鬍子臉往美尋的方向看去，接著出聲下指示：「對『剎帝利』傳達光訊號。立刻反轉，與母艦保持十五公里距離。」美尋一瞬間差點照著他那有如艦長的語調行動，緊接著她驚訝地看向奧特。

「把全機都調回來護航，敵人也就會判斷我們受到極大的創傷。這樣可以吧？」

不自在地補充說明的聲音，可以看得出辛尼曼其實很纖細的本性。美尋來回看著點頭的奧特與辛尼曼，發出抗辯：「可是，這種狀況下光訊號不知道能不能傳達……」美尋有此反應，也是因為她的纖細使她無法原諒半天前的背叛者吧。「瑪莉妲會懂的。」辛尼曼立刻回道。再次看向美尋的他，將全身轉向美尋，刻意縮起下顎。

「拜託了，美尋少尉。」

正經八百的聲音，讓倒抽了口氣的美尋回頭看著操控台。看到那開始傳送光訊號的背影，奧特覺得他可以留著，說道「辛尼曼上尉請坐到砲雷長的位置上」，並將目光移回主螢幕。「非常感謝。」辛尼曼用只有自己聽得到的音量回答。轉頭把他移往視野邊緣，奧特看著相對距離不斷縮短的敵艦光標。對方仍然沒有採取密集陣形的跡象。在仍然維持廣範圍三角型的三個光標旁，插入的望遠影像不時閃著光束光，照出持續著守勢的「獨角獸」機影。

它的動作仍然遲緩。這次輪到我們被考驗了嗎？奧特自言自語著，他壓抑不斷湧現的不安感看著敵艦的動向。在敵我雙方ＭＳ的火線交錯之中，以艦體側面對著敵艦的「擬．阿卡馬」滑過虛空，一點一點地逼近雙方主砲的射程圈。

※

兩肩裝備了帶刺肩甲的親衛隊機，光束斧刃斜劈而下。奈吉爾用反手握住的光劍彈開斧刃，靠反作用力往後方飛去後，從腰間的掛架放出最後一顆榴彈。

起爆的榴彈膨脹為直徑十幾公尺的火球，將千鈞一髮脫離的「吉拉．祖魯」機體染成橘色。奈吉爾目送親衛隊機照他預測的軌跡脫離，「戴瑞！」他對無線電大叫。『了解！』如此回應的瞬間，戴瑞的「傑斯塔」便擊發光束步槍，去路被光彈阻撓的「吉拉・祖魯」緊急剎住。敵機甩動手腳，試著想利用AMBAC機動旋轉機體而停住一下，同時華茲的「傑斯塔加農」繞到了它的身後。

『逮到啦！』

雙肩的光束加農與格林機砲噴出閃光，殺到的MEGA粒子彈將「吉拉・祖魯」的上半身粉碎了。留在虛空中的下半身也化為火球，奈吉爾靠著它的輻射光找尋剩下的機影。在漂流的岩塊縫隙中滑過噴射光，透露了另外一架親衛隊規格的位置。將光束步槍往那邊瞄準的剎那，十字交錯的光束在眼前爆開，接著飛過來插進兩者之間的「獨角獸」，堵在奈吉爾機的攻擊範圍內。

「那傢伙在搞什麼！」

奈吉爾大罵著，並拉動操縱桿。被紫色MS的全方位攻擊玩弄，只能不斷做出迴避運動的「獨角獸」從腳邊流過。就算系統尚未冷卻，他的動作也太過遲鈍了。視野看著從宇宙殘骸的暗處狙擊的親衛隊機，奈吉爾同時凝視著與先前動作判若兩人的「獨角獸」舉動。裝備在它雙手上的光束格林機槍噴出火花，灑出連牽制效果都沒有的火線時，在機體周圍浮游的小型物體閃出反射光。

「那個像感應砲的東西……！」

環繞在「獨角獸」身旁的許多精神感應裝置。就是那些東西做出看不見的牢籠，並且封住了它。順從無條件的直覺，奈吉爾將步槍準星瞄準那些物體。不過邊回轉邊包圍機體的物體動作太快，要是沒弄好，可能會直擊「獨角獸」。

「該死……！」

狙擊行不通，又有線控砲的牽制而無法接近，奈吉爾解開瞄準離開了原地。他與從殘骸中飛出來的親衛隊「吉拉．祖魯」面對面，並使用光束步槍進行牽制。之後繞到自以為閃開的親衛隊機背後，對無線電大叫「F隊型（FORM）！」並用牽制砲火朝著背對自己的「吉拉．祖魯」不斷射去。

『了解！』戴瑞與華茲回應，並從左右一起射擊牽制砲火。被三方向的火線逼迫的「吉拉．祖魯」，反覆進行回避運動往紫色的機體接近。用獵狐狸的要領誘導敵機，讓它當盾牌並往真正目標殺去的F隊形——當然，這時的真正目標是紫色那傢伙。只要接近母機的話，就能夠讓線控砲的全方位攻擊無力化。既然沒辦法除去包圍「獨角獸」的精神感應裝置，那就打擊本體。瞄準逃竄的「吉拉．祖魯」同時，奈吉爾看著被擴大視窗捕捉的紫色機體。

——凝事。

冷酷的聲音搖晃著頭蓋骨，有如狂風的殺氣從腳邊吹來。靠脊髓反射移動機體之後，擴散MEGA粒子砲的暴風從奈吉爾眼前穿過，「吉拉．祖魯」曝露在側面掃來的高熱粒子下，人形的四肢潰散了。

『安傑洛上尉!?』駕駛員大叫的聲音被雜訊吞沒，四散的親衛隊機化為光環。奈吉爾看到線控砲的砲擊火線，朝馬上後退的三架傑斯塔型交錯襲來，他愕然地瞪著紫色的MS。

「連同伴一起攻擊……?」

——你也是污點嗎。

被昏暗的「聲音」驅使，裝備三根爪子的線控砲襲擊而來。無視面對「獨角獸」的母機，拖著纜線尾巴追來的線控砲，動作精密得像是有自己的意識。爪型的那一座吐出光束，從奈吉爾機的頭上擦過之後，繞到腳邊的護盾型那一座放射擴散MEGA粒子砲，被I力場折射的光束暴風覆蓋了全景式螢幕。奈吉爾在白熱化的腦海中想著：下一步會被擊墜，同時他聽見了華茲的咆哮：『少瞧不起人，你這個死小鬼！』

光束與實體彈的奔流劃過虛空，讓線控砲像是膽怯般地甩動纜繩尾隨。「傑斯塔加農」趁這空隙突擊，將全火器開放逼近紫色的MS。

「華茲，住手！」

機體被華茲的激情所感染，肩膀的光束加農怒吼，射出剩下的飛彈，光束步槍與一體成型的機槍灑出空彈匣。飛彈雖然被線控砲的砲擊全部擊墜，不過殺去的火線雨花擦過紫色的MS，讓奈吉爾第一次看到那機體動搖。之前完全對我們看都不看一眼的單眼閃動，蠢動的線控砲纜線像蛇一般在虛空奔馳。兩座線控砲與投注在「獨角獸」的殺氣一起朝著「傑斯塔加農」突進，十字火線集中在裝備了追加裝甲的機體上。

沒多久便中彈，整個失去左肩格林機砲的「傑斯塔加農」，仍然朝著紫色的MS突擊而去。『華茲！』與大叫的戴瑞一起展開援護火線，奈吉爾拔出光劍試圖切斷線控砲的纜線，卻反被絆到自機腳部。在迴轉的視野中，映入化為火球的「傑斯塔加農」、映入迴避火線的紫色MS，還有被拋在一旁的「獨角獸」。被關入看不見的牢籠，意識混濁的白色機體──

『不懂仁義的小鬼，打什麼仗啊！』

用爆離栓分離追加裝甲，左臂持光劍擺好架式的「傑斯塔加農」，隨著華茲的怒吼衝向紫色MS。投擲出去的手榴彈連續引爆，從火球中飛出來的紫色機體繞到華茲機背後。同時繞到前方的線控砲吐出MEGA粒子彈，剜飛「傑斯塔加農」的右腕，奈吉爾見狀忘我地大叫：「『獨角獸』，援護啊！」飛離的華茲機右腕，邊向四處擊發步槍飛在宇宙中。用剩下的左手舉起光劍，遍體鱗傷的「傑斯塔加農」往紫色的MS斬去。

——令人不快的傢伙……！

隨著滲有怒氣的聲音，舉起蛇首的兩座線控砲襲向「傑斯塔加農」。奈吉爾機擊發的光束只能擦過砲身邊，從下面與側面發射的MEGA粒子彈讓華茲機成為十字火線的交叉點。

『這下得死了嗎……！』

發電機被誘爆的「傑斯塔加農」，在暗礁的宇宙中膨脹發出更大的光環。『華茲!?』將戴瑞的慘叫聲也吞沒，巨大膨脹的火球傳來衝擊波，奈吉爾來不及明確感受到部下的死去便被彈飛數公里遠。

將華茲的存在燃燒、蒸散，匹敵小型太陽的光芒向四方擴散。光芒就像有意志般地壓退紫色MS，將奈吉爾與戴瑞推出戰域外，並吹動包圍「獨角獸」的六座精神感應裝置而去。

※

讓人有透過裝甲都感受得到輻射熱般錯覺的眩目光芒，壓制了視野，在腦內擴散開來。那道光芒，讓感應干擾器壓抑著身心的壓迫感都遠去，接著讓鼓膜所收不到的「聲音」在腦海中響起。

——說要來的人自己卻先退場了，真是丟人啊。隊長他們拜託你了。

不是安傑洛。這野蠻卻溫暖，自嘲只會這樣活著的人的「聲音」，伴隨著揪緊胸口的喪失感進入「獨角獸」之中。「是誰……？」被自己的呻吟聲喚回神，巴納吉眨動眼睛。感應干擾器的其中一架，轉動著令人聯想到花瓣的放射板，從視野正面劃過。

一瞬間，「獨角獸」的頭部火神砲噴出火花，可是並非意向自動擷取系統所控制的。也許是那道進入機體的「聲音」操控巴納吉，按下了操縱桿的發射鈕，不過巴納吉並沒有時間去確認。感應干擾器的其中一架被擊毀，巴納吉感覺到包圍網產生漏洞，攻擊的思維從全身噴出，接收到的「獨角獸」機體手臂左右張開，並啟動兩邊所裝備的二連裝光束格林機槍。

「這些玩意兒——！」

背部成束的格林機槍也吐出粗大的光軸，共計六條火線呈放射狀飛散開來，又打飛了兩架感應干擾器，『你……!?』安傑洛的呻吟透過無線電傳來。自感應干擾器的包圍網中逃離的巴納吉，從那聲音傳來的方位找出了「羅森·祖魯」特異的影子。被寄宿著人命的光芒所照耀而出，毫無藏身之處呆立的紫色死神——！

「你什麼都看不到……！」

拔出光劍，踏下腳踏板。從那機體伸出的線控砲蠢動著，在它讓MEGA粒子彈交錯之前，巴納吉便繞到「羅森・祖魯」的腳邊。

「只看得見自己想看的東西，否定了一切……！」

『沒有東西值得我去看，有什麼辦法！』

突破化為藍白色滯留氣體的光芒殘渣，「羅森・祖魯」拖著粗長的纜線從頭上流往背後。線控砲的砲擊掠過剛回過頭來的「獨角獸」，想到不妙的時候已經太晚了。剩下的三架精神感應干擾器包圍機體，看不見的波動抵銷感應波，籠罩住巴納吉。

『人都是任性的，相信就會被背叛。』

通往機體的神經被切斷，「氣」的發散遭封住的肉體，變得沉重而僵硬。巴納吉發出不成聲音的慘叫，「羅森・祖魯」的機身繞到正面，線控砲的纜線有如觸手般扭動著。

『相信就會受傷害。』

有勾爪的線控砲在「獨角獸」的周圍滴溜溜旋繞著，纜線捲向機身。同時護盾型線控砲吐出擴散MEGA粒子砲，巴納吉靠手動操作展開左右的護盾。

『你也一樣。你的獨善其身讓也我滿肚子怒火！』

雖然因擴散而降低威力，不過光束仍然干擾了護盾的I力場，讓「獨角獸」的駕駛艙劇烈震動。衝擊波就有如安傑洛的憎恨，三番兩次打擊機身，毫不留情地苛責巴納吉的身心。

『只要有你在，上校就會變得奇怪。上校是超越人類的存在，所以才值得相信，然而你卻……！』

忍受超過飽和的I力場彈開，「獨角獸」機體往後方彈飛。在有如壓過來般接近的「羅森・祖魯」前方，纜線緊緊地綑綁了「獨角獸」，勾爪型線控砲慢慢地舉起，覆蓋了巴納吉的視線。

『我不會讓你奪走、不會讓你污染。你是污點，污染純白色床單的污點！消失吧！』

勾爪抓住「獨角獸」的頭部，內藏在掌中的三連砲口壓在臉上。三個砲口掩沒了全景式螢幕的視野，在砲口深處湧現的MEGA粒子噴發前一瞬間，巴納吉感覺到其他人的冰冷視線穿透了駕駛艙。

在堵住視野的勾爪縫隙間，紅色的機影劃過殘骸之海。腦海中浮現那露出微笑的面具，巴納吉幻視到在遠方投以觀察目光的紅色彗星。不是在守護、也不是瞧不起人，只是在看著的眼神。不帶一絲感情，也不主動回應投注給自己的感情，不斷地映出轉變的光與影的那一對眼球。

這就是弗爾・伏朗托，安傑洛唯一可以信賴，超越人類者的強悍嗎？巴納吉突然自問，又肯定地自答，並對絕不接近的「新安州」感到怒意。他這樣擺出超然的態度，讓人們只能聽從他。人們各自對他的沉默投以自己的幻想，自己讓自己萎靡。跟我在一起伏朗托會變得奇怪？因為我叫他拿下面具嗎？因為他答應了嗎？不對，那是為了拉攏我才做的。那男人視對象不同，可以呈現許多不同的面貌。而至今仍沒有人看過他真正的面貌。就是為了隱瞞這一點，他才需要戴上面具。

安傑洛也了解這一點，所以無法容忍。無法容忍伏朗托除了給自己看到的之外，還有其他的面貌。要是承認了，伏朗托的絕對性就會崩潰，寄託在他身上的幻想也會粉碎。沒錯，他不是超人，就像他自己講的，是容器。扮演對方期望的樣子，在面具上投影對方想看的面容的容器。不帶任何感情、沒有誠意，只是像無機物的鏡子一樣反射著世界的存在。如果他是用自己的意志去做這些的話，那麼那男人——

一股火熱的衝動從身體深處迸出。巴納吉感覺到零點一秒內的思緒從張開的毛孔滲出，穿過斷線的神經，甚至讓「獨角獸」發出震動。

全精神感應框體突然發光，化為光芒衝上來的熱量從額頭爆出。同時「獨角獸」的獨角左右張開，彈起來的面罩撞開了線控砲的勾爪。

『什麼……!?』

白鎧的裝甲蓋過安傑洛動搖的聲音，連續滑動著。被擴張的框體壓迫，纜線幾乎要被撐斷而鬆弛的一瞬間，抓緊機會張開四肢的「獨角獸鋼彈」掙脫了線控砲的拘束。無視想馬上瞄準自己的線控砲，巴納吉看著正面的「羅森．祖魯」。精神感應框體的發光色從紅色漸漸透出綠色，七色的燐光從駕駛艙浮出。眼前模仿薔薇的機體也滲出同樣的光芒，讓內藏在腹部的駕駛艙隱隱約約地浮現著。

精神感應框體的共鳴，感應力場。如果這是由人的思念所產生的話——巴納吉閉上眼睛，將奔流的「氣」送往機體。汗毛豎起的全身與「獨角獸鋼彈」合而為一，連接到機體所有部分的神經讓自己連真空的冷峻都感受得到。同時裝備在背部的護盾也彈開，展開成X字的護盾的精神感應框體部分放射著虹彩光芒。

宛如它本身就有機動力一般，在機體旁邊滑動的護盾彈開了線控砲的光束。右腕的護盾也拉壞連接點飛入虛空之中，彈開了從別的方向射來的光彈。兩片護盾宛如感應砲般縱橫無礙，上頭I力場產生器讓擋下的光束偏折。透過主監視器之眼，盯住全方位攻擊已經失效而顯得畏縮的「羅森．祖魯」，巴納吉揮動手持的光劍產生粒子光刃。

「看清現實吧。安傑洛．梭裴！」

突破被護盾彈開的光束飛散粒子，「獨角獸鋼彈」進行突擊。精神感應框體增加亮度，彩虹的光帶環繞著「羅森・祖魯」，與單眼重疊的安傑洛眼睛因恐怖而圓睜。

※

環繞著彩虹光芒的「獨角獸鋼彈」從正面接近。我從未見過那種發光現象，到底發生了什麼事？那就是那東西的真面目——發動了精神感應框體的真正模樣嗎？

沒有思考，會被咬碎，怪物。原始的本能吶喊著，「感……感應干擾器！」安傑洛用盡全身力量喊道。

還留有三架的感應干擾器，包圍「獨角獸鋼彈」並對它放出妨礙波。反感應波兵器（ANTI PSYCOMU SYSTEM）會放射人工產生的擬似感應波，並且讓精神感應裝置的感應波接受體過飽和，然而這時卻發揮不了預定的作用。螢幕上顯示的擬似感應波波形被打亂，逐漸變化成其他的波形。被未知的波動所吞噬，感應干擾器的波動被抵銷了——

「這是什麼力量……！可以壓過感應干擾器的感應波……無法數值化的波動!?」

『耍什麼小花樣！居然想封住精神感應裝置！』

光劍一閃，被一分為二的感應干擾器化為光圈。不斷被砍斷的感應干擾器裂出爆炸光，兩隻眼睛發出光芒的「獨角獸鋼彈」逼近而來。自由自在地舞動的兩片護盾圍繞著發光的機體，將線控砲的砲擊一發一發地彈開，安傑洛將背壓在線性座椅上。之前實際檢查過，所以他知道那面護盾沒有任何推進器，只是內藏了I力場產生器的金屬塊而已。

「普通的護盾，為什麼可以那樣子動!?」

他讓機體後退，試圖脫離包圍四周的彩虹光帶。一瞬間，「獨角獸鋼彈」收起光劍的左腕舉起，五指張開的機械臂掌心朝向自己。從那產生了未知的波動，讓心臟共振，被拘束的「羅森·祖魯」機體變得無法行動。安傑洛看到感應螢幕上出現狀況不良的訊號，接著感覺到線控砲的砲口對著自己，並從兩個方向放出殺氣。

「咿……！」

操作操縱桿，噴射推進器。線控砲的砲擊擦過橫向飛去的「羅森·祖魯」，從其他方向放射過來的擴散MEGA粒子砲再擦過機體的腳邊。兩座線控砲的十字火線，朝著如同被絆倒般失去平衡的「羅森·祖魯」交錯。精神感應裝置被控制了？被侵蝕腦海的波動所逼迫著，安傑洛連思考「不可能」的空檔都沒有，不斷地採取迴避動作。擦過的光束，燒灼著模彷花瓣外表的「羅森·祖魯」裝甲，紫色的花瓣被自己造反的手摘下，悲慘地凋零著。

——伏朗托連利用你都沒利用，只是看著而已。

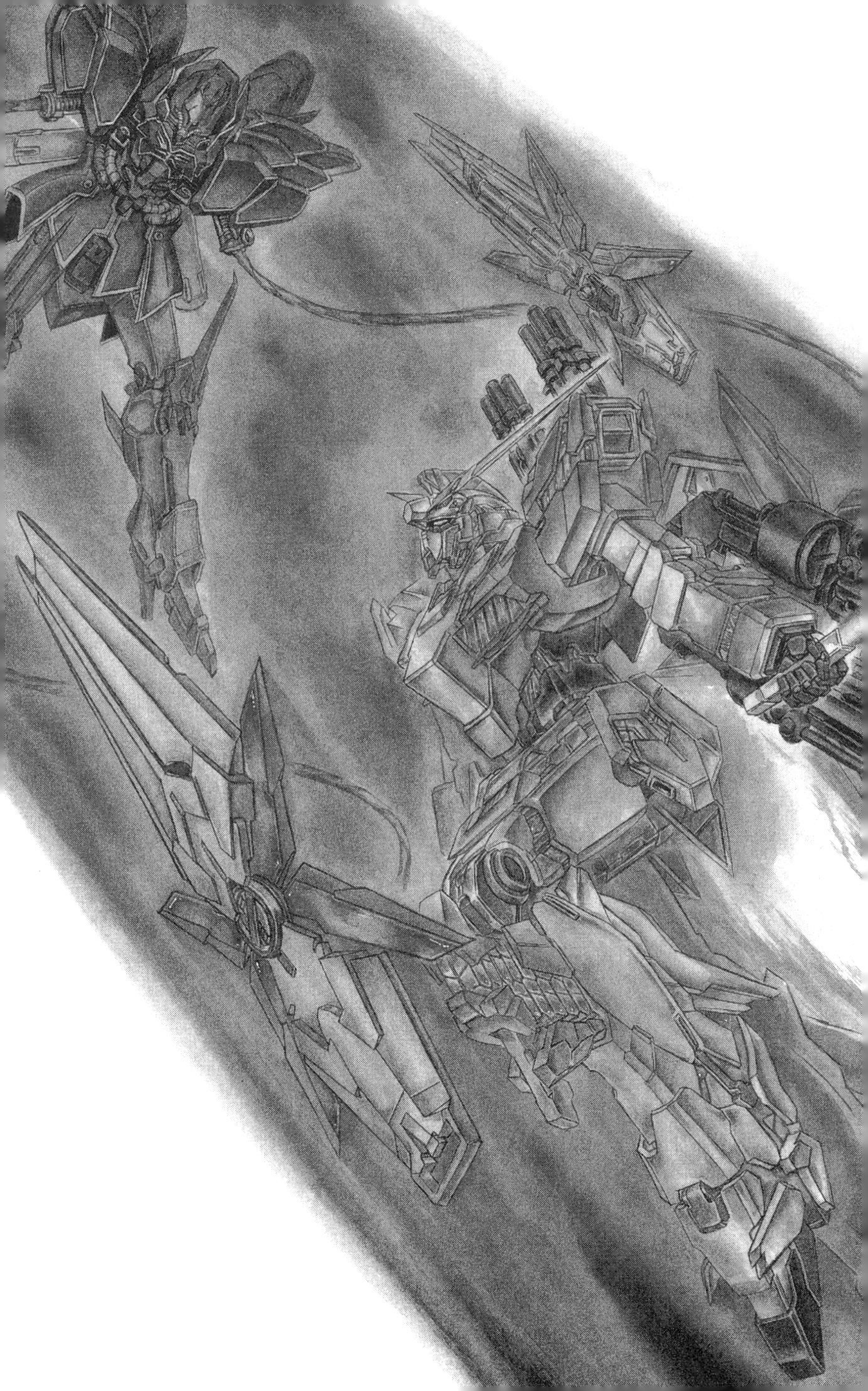

波動化為「聲音」，在他因恐懼而白熱化的腦海響起。安傑洛瞪大的雙眼環顧左右。

——你沒有打算看伏朗托的真面目，你害怕自己那在面具映出來的幻想毀滅。

所以，對讓他拿下面具的巴納吉感到憤怒——心中的聲音自己響起，「你在說什麼!?」安傑洛大叫著。他扭轉機體，趁著從線控砲的射程逃離的空檔回捲纜線。捲回來的爪子與護盾跟兩腕接合，推進器開到最大的「羅森．祖魯」彈過虛空。

「你懂什麼！」

只要拉回線控砲，就不需畏懼波動了。一邊讓護盾中的擴散MEGA粒子砲一齊射擊，安傑洛讓機體往「獨角獸鋼彈」猛衝而去。

「上校救了我！」

以身體對躍出到前方的「獨角獸鋼彈」護盾衝撞，並張開左腕的爪子一把抓住它。三根爪子捏碎了I力場產生器，破裂的護盾被誘爆的光圈所掩蓋。

「他說過要靠我了……！」

也說過看不到每天那束薔薇也會令人寂寞。壓下湧現的不安，安傑洛的爪子戳向「獨角獸鋼彈」。

——騙人的。他只是站在高處看著，伏朗托不會幫助你。過去如此、未來也是如此。

用宛如瞬間移動的速度躲開，白色的機體發出令不安增殖的「聲音」，毀壞自己的「聲音」。那是把對伏朗托的信賴與愛化為詛咒，撕毀自己身體的銳利刀刃。是的，過剩的愛意將不允許妥協，只要有些許偏離理想，就會感覺受到背叛。「怎麼樣都好！」發出怒吼，安傑洛將護盾的MEGA粒子砲對準前方。

「上校有著成為棄民之王的宿命，是可以淨化這污穢世界之人。為了他，不管我的身體怎麼樣……！」

——你真是可憐。

從正下方撈上來的光劍，斬斷了接在右手的護盾。以熟練的身形做出有如東洋流傳的居合術動作，逼近機體的「獨角獸鋼彈」雙眸一閃，讓安傑洛忘記去確認自機損傷程度，忘我地看著它的臉。這不是機器，是包覆了鬥氣的人。「氣」化為精神感應框體的光發出，在真空中呼吸的巨大人類——

「什麼……人類?是巨人嗎?」

——吐出你那扭曲心靈的根源吧。

已經不是巴納吉，而是巨人的「聲音」在腦海中迴響，巨大的手覆蓋視線。會被壓制、會被咬碎，消不去的污點會污染潔淨的世界。

「上校!?」

安傑洛大叫，白熱化的精神感應框體光芒掩蓋了他的身體——

白色，毫無污漬的光芒。安傑洛聽到光芒帶有柔軟的布料質感，發出沙沙響音。

『安傑洛真喜歡棉被呢。』

看起來好大、好大的女性影子，背著逆光露出微笑。臉頰被她纖細而柔軟的手指撫觸，巴納吉的思維認知著：這是安傑洛的母親。

『喂，這樣媽媽沒辦法摺衣服喔!』

粗壯的手臂，將安傑洛躲進棉被的身體抱起。隔著安傑洛父親的肩膀，巴納吉看到了純白色寬廣的床單海。溫暖而清潔的安全地帶。可怕的東西、污穢的東西都不會進來，從世界被切離的聖域——

——住、手。

飛散的血液，污染了床單之海。剛滿三歲的安傑洛，看著那落在一片純白之中的紅黑色污點。

步槍的槍托，打進爸爸的鼻樑。受到連續的重擊，爸爸的臉潰不成形，身體不斷痙攣。那粗壯的手臂，已經派不上任何用場。隨著脈搏噴出的血液，在床單染上新的污點。

『殺人兇手！』

媽媽叫道。身穿聯邦軍制服的士兵們，露出淺笑壓制了她。安傑洛從衣櫃的門縫看著這一切景象。沉在血泊之中，曾是爸爸的肉塊，以及因恐懼而醜陋扭曲的媽媽面孔。

『吉翁豬講什麼人話！安堤與莉蓓，都是被你們投落殖民衛星給殺了！』

士兵們將媽媽壓倒在床上。被血與泥土污染的許多軍靴，踐踏著白色的床單，壓在媽媽的身上。已經看不到媽媽的臉孔。從脫下褲子的男人們身體隙縫之間，只看到白色的雙腿突出，像鐘擺一樣搖晃著。被吃了，安傑洛心想。媽媽被啃碎了。發不出聲音，不是因為爸爸要自己不要出聲，而是真的發不出聲音。自己也被吃了。自己也與被啃碎、被吞噬而粉碎成一片片的媽媽一起，逐漸被解體——

——不、要、看。

毫無污漬的潔淨床單。可是卻很冰冷。在床上坐起上半身，看著窗外的媽媽眼神也很冰冷。生日時安傑洛送的薔薇胸針，在她無色透明的影子中點亮一絲色彩。

媽媽沒有看見那道紫色。雖然身體在這裡，然而心卻還是粉碎的。就算幫她別上胸針，她也沒有注意到身在此處的安傑洛。

『已經第七年了吧？雖然說是葛洛卜的生還者，不過那個樣子……』

『虧老爺還肯收容呢。雖然聽說她死去的老公是老爺的工作夥伴，不過她那個樣子也沒有辦法盡太太的義務吧？』

『關於這個，盛傳老爺說是為了要得到那份工作的權利，才收容對方的遺族。再加上也跟之前的太太離婚了。妳看老爺他……』

在寬廣房屋的一隅，傳來女傭人們肆意亂講的聲音。安傑洛在母親的枕邊聽著。他十歲的身體，將曾經一度粉碎的東西，一點一點地拼湊起來，可是仍然不完全，因為媽媽這塊重要的零件仍然是粉碎的。

一個其他身影突然出現在身後，濕漉的手掌搭在安傑洛細弱的肩上，讓他身體一顫。

『今天媽媽的心靈還是在遠方呢。來吧，安傑洛，祈禱的時間到了。和爸爸一起祈禱吧。』

不對，你才不是爸爸。否定的聲音無法成聲，因恐懼而僵硬的身體也無法動彈。安傑洛被濕漉的手掌帶進了這房子主人的寢室。

安傑洛在那裡，與那天夜裡同樣地被啃碎。在胸口、在背上、在臀峰之間滑動，令人不快的舌頭將他的身心切成碎片，沉重的肉塊壓得他身軀軋軋作響。從九歲之後每天晚上進行的祈禱……讓母親活下去的必要儀式。當然，一開始他抵抗了，也想帶著母親逃走。可是母親不肯離開那張床。她只能活在那片白色的床單上。

為了讓母親的床單保持純白，自己必須承受污染。必須讓這令人不快的肉塊，有理由繼續養我們。就算每天都會被粉碎，就算被注入污濁的身體，已經化為污染床單的污點。

『沒錯，好孩子。我們的祈禱總有一天一定能傳達給你媽媽的。』

肉塊粗重的喘息吹在耳邊，安傑洛看到自己的淚水染上了床單。污濁的結露；同血及糞尿一樣，從自己的身體搾出，污染了床單的污漬——

——不要、進來。

已經很久沒有好好清洗，髒污的床單上留有前一個客人的味道。臉頰壓在觸感粗糙的布料上，安傑洛背上感覺到「客人」滴下來的唾液與汗水。

『時間差不多了。』

『再一下……我是聽說有個貨色相當不錯，所以才特地從「茲姆市」趕來的耶！』

『那，再二十。』

『嘿嘿……我付。』

「客人」的喘氣變得急促。回到家中，恐怕還有妻子與小孩的中年男子，一旦完事，就會匆匆穿上衣服，好像怕被污染一樣地離開這間窯子。真是奇怪，十六歲的安傑洛嘴角扭曲地想著。以前自己是被污染的一方，現在倒成了污染人的一方。污染別人同時也被污染，有如在保持個性般地保持著身體的污濁。

祈禱沒有傳達到。媽媽趁僕人沒注意的時候從陽台跳下，死了。自己沒有哭，因為眼淚是污濁積滿的時候要流的，不是失去東西的時候流的。而且自己也知道，打從一開始祈禱就不存在。

沒有參加喪禮，他離開那座宅子，在共和國內的殖民衛星流浪，浪跡三年之後抵達了這條街。這是同樣累積了污濁的人們所聚集，道路與霓虹燈都漂著腐臭味的地方。只要身體還在，在這裡就不至於挨餓。就算是已被啃爛，碎成片片的身體，還是不乏肯出錢買的客人。

這裡沒有痛苦，不去相信就不會被背叛，不想得到就不會失去。比起把「信賴」與「將來」強加在自己身上的收容所要來得舒服。在污濁累積到快要溢出來的時候，還可以用酒與藥物發洩。第一天到這兒的時候，負責收保護費與照顧他的小混混好像是這麼笑道：「天使(Angelo)墮落到堆肥裡了。」沒錯，已經不需要再擔心會墮落了。要再往下墮落，就只有變成毒蟲倒在路邊而已。到時候，一定會有真正的天使接我到「上面」去。

可是……安傑洛想著，這不是一切。像這樣被「客人」的慾望猛戳，以及看到認識的同伴冰冷地倒在路邊時，從腦海中掠過的狂暴熱量。就算把整個世界都燒盡也不夠，那好像能夠瞬間蒸發掉體內污濁的能量，正追尋著其他的發洩管道。在離開地上之前，我必須將它吐乾淨。葛洛卜的慘劇發生時我太過幼小。因為有母親這塊重擔，所以也沒有想到對那噁心的肉塊發洩。不對，就算重擔消失我更沒選擇那麼做，也許是因為本能知道這樣不足以完全發洩。只是殺了一個人就被剝奪自由，這實在是太不划算了。

也許，是需要扳機。而為了善用這股能量，必須要由自己以外的人來扣下扳機。不過那應該不是人吧，安傑洛夢想著。人太脆弱，人會背叛。會奪取、破壞、污染的人們——創造出這些狀況的世界本身，要把這些燒盡，需要有超越人類的某種物體。神？惡魔？是什麼都不要緊，只要是足以讓天使(Angelo)跟隨的存在，管它是什麼。夢想自己等著與它相會所帶來的強烈陶醉感與幸福感，更勝藥物。帶給就算勃起也沒有感覺，性方面的喜悅早已被剝奪的這具肉體，足以顫抖的快感。

它並沒有那麼遙遠。自己有預感，那物體已來到咫尺外。物體與自己一樣，藏有燒盡世界的衝動。在消去一切的污濁之後，換上全新床單的改革之焰，正一點一點地接近自己。

因為超越了人類，他不會在意自己身上的污染。只要將身軀獻給不會去污染、也不會被污染的他，自己就可以再次回到那張床上了吧。那清潔而溫暖，純白色的床單。回到那只有媽媽與爸爸還有我，任何人都不能靠近的聖域。

快感在體內顫動。「客人」發出愉悅的叫聲，那侵入自己的他人肉塊吐出污濁——

「不要看！」

爆發的聲音震撼了聽覺，安傑洛像墜落般地被拉回肉體之中。填滿全景式螢幕的雙眼監視器發出疑惑的光芒，『安傑洛……!?』現實的聲音響起。

「你做了什麼？你到底做了什麼！」

被看到了，被玷污了，被擅自闖進來的東西蹂躪了。這簡直是強姦，跟那令人不快的肉塊及「客人」一樣嘛。安傑洛胡亂地搖動操縱桿，想要甩開壓在機體上的「獨角獸鋼彈」。

『冷靜一點，安傑洛上尉！』巴納吉的聲音透過接觸回路傳來。

『我認識了你，你應該也認識了我。人是可以互相理解的，沒有理由戰鬥啊！』

認識？看到？我看到了，我認識了你。從父親繼承的意念，母子相依為命的生活，在與人們的接觸之中改變的自己，超越世代託付的可能性。

差太多了，太耀眼了，無法相容，沒有可能，被看到了，太丟臉了，我不甘心。

「從我心中滾出去——！」

巴納吉的思維還留在身體裡。那過於正直的思維，清高地說著人會改變，毫無顧慮地放出光芒。你也跟你的父親一樣，以堅強的自己為基準，不知道回望弱者。上校，覆滿令人心安的黑暗，那個上校在哪裡——？融合的思維混亂、吶喊、噴發著，安傑洛追尋伏朗托的面具，不斷地掙扎。被看到了，被認識了。必須盡快殺了這傢伙；在污漬擴散之前，要讓這傢伙從世上消失。

『安傑洛……！』

巴納吉的聲音貫穿駕駛艙。「獨角獸鋼彈」壓制搖動身軀的「羅森．祖魯」，眼睛發出恐怖的光芒。不行、贏不了、甩不掉，一切都會攤在光芒之下。安傑洛下意識地按下線控砲的啟動鈕，將渾身的思緒送入精神感應裝置。

「你不出去的話……！」

只剩一座的勾爪型線控砲射出，拖著有如尾巴的纜線在虛空之中迴旋。要切斷融合的思維，消去一切污濁的唯一辦法——沒錯，一開始就該這樣做了，為什麼我沒有早點想到？這樣的話，我就不用被那肉塊蹂躪了。隔著「獨角獸鋼彈」的肩膀，安傑洛看向劃出巨大弧度反轉的線控砲。

這樣就行了，這樣就能趕他出去了。那讓伏朗托墮落的污濁之源，污染清潔的床單的那一點污點。

『住手，安傑洛！』

巴納吉叫道。安傑洛沾滿汗水與淚水的臉頰扭曲一笑。

「是我，贏了……」

從「獨角獸鋼彈」側腹擦過的線控砲，刺入「羅森・祖魯」腹部。瞄準沒有半點誤差，像是咬破自己的裝甲、挖出心臟般咬合的爪子，捏潰了球型的駕駛艙。劈啪作響的衝擊音，不知是包覆駕駛艙的精神感應框體粉碎聲，還是與巴納吉融合的思維粉碎的聲音。不論如何，安傑洛從線性座椅上被甩出，全身撞在已經潰爛的駕駛艙內壁上。

有如四肢被扭斷的衝擊貫穿腦髓，突然迸開的空白在腦中擴散。不是黑暗，而是空白。

被強制扯成碎片的思緒，回到原始的空白。這樣就不會再被污染了，沒有人可以碰到我。在空氣從橫越內牆的龜裂中被吸出，轉眼間化為真空的駕駛艙內漂著，安傑洛看到精神感應框體散發的光芒。

影像消失，內壁化為滿是裂痕的螢幕面板所滲出來的顏色，與送給母親的胸針同樣是鮮明的紫色。原來如此，安傑洛在空白擴散的腦海底部理解了。自己將自己的靈魂挖出並捏碎，媽媽也做了一樣的事。為了不會再被玷污——

呆立的「獨角獸鋼彈」，在龜裂的另一頭逐漸遠去。與它面對的自己也逐漸遠去，消失在空白之中。活該，你再也抓不到我了，誰要與你扯上關係，可以進入我心中的只有上校。上校……身為棄民之王的黑暗面具……從宇宙深淵歸來的紅色彗星……彗星？彗星我曉得。很久很久以前，我在電視上看過。發出強烈光芒的巨大流星。好像說是下一次來到地球會在好幾年之後。等你比爸爸還要大的時候……媽媽是這麼說的。

「媽媽、爸爸……」

他們兩個都去了哪裡？得去找他們。思考到一半就被空白所吞沒，安傑洛透徹的目光注視著駕駛艙的裂痕。

群星流動，世界回歸於無。再也沒有可怕的東西，沒有骯髒的東西。腦中的空白會洗去一切、消去一切。被淨化為白色的世界，總算奪回來的純白色床單——

※

從插著線控砲的腹部散出些許放電的閃光，「羅森．祖魯」的機身陷入死寂，流逝而去。比起廢鐵塊，用屍體來形容還更貼切的那團寧靜，滑過虛空化為宇宙殘骸之一，被吸入黑暗之中。

「安傑洛……」

在兩機之間作用的感應力場淡去，絕對零度的真空包裹著「獨角獸鋼彈」。已經沒有殺氣了，也沒有安傑洛那讓皮膚痛得發麻的眼神。精神感應框體的輝度降低，回到平常的紅色，巴納吉無奈地目送「羅森．祖魯」遠去。

與瑪莉妲那時候一樣——思維重合了，應該可以分享心靈的，可是在最後的一線遭到拒絕。安傑洛自己毀滅了自己，精神有如玻璃工藝品般碎散。這無疑也是殺人的一種，巴納吉自認道。那裡已經沒有安傑洛的心了，只剩下與他母親一樣，目光無色透明的肉體。

是因為我的無力？還是說，進入別人的內心是罪惡——這樣嗎？那麼，所謂的新人類又是——

『是你毀了他。』

冷酷的聲音從頭上傳來。身體瞬間僵直，巴納吉握緊繃住的手掌。

『真是桀驁不馴的力量。毫無資格，便闖入別人的心中。』

紅色的機影從頭上繞向背後。凝聚起殺氣，「獨角獸鋼彈」的精神感應框體輝度再次增加。巴納吉吐出一小口氣，將意識集中在背後。漂在虛空中的護盾放出虹彩光芒，就像豎起耳朵的獵犬般移動到機體後方。紅色的機影身形一抖，單眼放出光芒。

「你只是遠遠看著……！」

在巴納吉轉身的同時，「新安州」的光束步槍也放出光彈。產生器被強力光束直接擊中而過飽和，I力場被打破的護盾彈飛出去。接著飛來的榴彈炸碎了護盾，飛散的精神感應框體碎片有如鱗粉般閃耀著。巴納吉讓「獨角獸鋼彈」穿過這群光芒顆粒飛翔。拖著七彩的光帶，白色的巨人拉近與鮮紅MS之間的相對距離。

『你太危險了，太毫無防備地展現著新人類的樣貌。』

同時發射的光束格林機槍劃出六條光軸，「新安州」採取橫向迴避。巴納吉扭動機體，用右腕的砲口瞄準他。殘彈零。頭腦一片空白的那一瞬間，「新安州」擊發與光束步槍接合的火箭砲，拖著氣體軌跡的彈體逼近「獨角獸鋼彈」。

『這樣會招來舊人類的反感與壓迫，讓你自己也燃燒殆盡。』

由於砲身縮短，初速比平常要慢——可是，被機體的推力加速的火箭彈仍然很快。近接信管作動引爆了彈體，化為數百顆的散彈呈放射狀襲來。巴納吉讓「獨角獸鋼彈」節流閥全開進行加速，在被散彈追上之前先朝「新安州」突進。

「你不也是新人類嗎……！」

『真是這樣嗎？』

順著加速的流勢，將空的光束格林機槍朝它丟去。裝備在右腕上的兩挺與背上的兩挺，共計四挺格林機槍化為箭矢擦過紅色機體，失去平衡的「新安州」擊發光束步槍。亂七八糟的射擊，一點都不像他。毫不閃避地直線前進，一秒鐘後，「被釣上了」的直覺化為細光在額間爆開，巴納吉讓「獨角獸鋼彈」橫向迴轉。下一瞬間，連射的火箭彈擦過機體鼻尖，不斷地爆出散彈袋。

雖然避開直擊，不過被散彈的雨粒捲入，讓「獨角獸鋼彈」失速。還來不及靠ＡＭＢＡＣ調整體態，一口氣逼近的「新安州」閃動單眼，將裝在步槍下方的火箭砲口對著自己。想到會被幹掉的瞬間，從其他方向射來的光束牽制「新安州」，放棄射擊的紅色機體將背部的推進器全開。垂直上升的機體拖著噴射光，將從它後方飛來的兩道噴射光遮去大半。

『「獨角獸」，沒事吧!?』

敵我識別裝置顯示出RGM-96X「傑斯塔」，兩架新型機從上下分頭襲向「新安州」。也許是想為失去的第三架機體報仇，他們的動作很敏銳，氣魄也十足，可是太過強烈的「氣」會被伏朗托給看穿。預測雙方的動作，巴納吉看穿「新安州」引誘的動作，大叫「退下！」並擊發光束麥格農。

比平常步槍彈粗上一倍的光軸竄過，打斷了「傑斯塔」的進路。沒有回應叫嚷『做什麼……!?』的駕駛員，將瞄準目標移向「新安州」的巴納吉，大聲喝道：「不要東張西望，弗爾．伏朗托！」『很好。』紅色的機體回應，並且高速脫離準星，往「獨角獸鋼彈」的頭頂上升而去。

『話說在前頭，我不會讓你通過的，巴納吉小弟。』

「那我就硬闖！」

拔出光劍，主推進器為了繞到「新安州」背後而噴發。光束麥格農的彈匣剩下兩組，不能再亂射了。巴納吉把左腕殘彈不多的光束格林機槍當作障眼法打完，然後預測伏朗托的回避模式緊急旋轉機體。就在「新安州」劃出預測中的軌道，與自己交錯的一瞬間，巴納吉用光劍朝側面揮去。不待掠過的手感從操縱桿傳來，錯身而過的「新安州」反轉機體，對「獨角獸鋼彈」做出張開身體的動作。

鏗的一聲，精神感應框體發出共鳴聲，「新安州」的腹部與關節部滲出虹彩光芒。看起來像翅膀的背部機組大大張開，伸出推進器，與脛部緊貼的可動推進器也被支撐架推出。從變身成可說是高機動型態的機體中發出七色燐光，巴納吉反射性地讓「獨角獸鋼彈」退後。拉開距離的兩架機體發出的燐光互相碰撞、融合，感應力場的光帶爆炸性地膨脹。

以漣漪狀散開的光帶搖動周圍的宇宙殘骸，彈飛了兩架「傑斯塔」。雖然對他們不好意思，不過這個戰場(FIELD)不能讓一般的機體介入。排除了多餘物體，只剩下感應機體的力場充滿兩人份的殺氣，巴納吉屏住呼吸，重新拿起好了光劍。「新安州」也將懸架在左腕的護盾舉在前方，促使裝備在背面的兩具光束斧發動。

固定在護盾上的斧頭旋轉一百八十度，一對光束刃從護盾尖端噴出。以護盾本體為柄、大得可怕的光刃，就有如異常肥大的蟹螯。揮動超過機體全長的粒子束，放低腰身的「新安州」背後噴出噴射光，「獨角獸鋼彈」的主推進器也同時引燃。光束互相射擊，光束刃在兩機交錯的縫隙中衝突，彈出雷光。

只有這個人絕對不可以輸。本能的吶喊推著「獨角獸鋼彈」的機體，光劍第二度揮下。

「新安州」的剪子幾乎在同一時間往上揮，互相干涉的粒子束讓感應力場的光芒搖動著。

※

接在前方甲板上的第一主砲之後，裝備在艦底部的第二主砲也噴出MEGA粒子的火光。從「擬．阿卡馬」放出的光束之箭刻出粉紅色的光條，在虛空的另一端閃出比星光微弱的爆炸光。

直擊的光芒——擊沉了嗎。感覺到一股殺氣消失，瑪莉妲的意識馬上集中在左手邊的敵艦上。

偽裝成無法操舵，引誘敵方艦隊集中的「擬．阿卡馬」，在進入射程圈的一瞬間脫下了羊皮。敵方如同計畫中的集中在同一個射程圈內，狙擊中央的司令艦之後，右手邊的敵艦成了「擬．阿卡馬」的新目標。背後感覺到母艦按照計畫轉動砲塔的氣息，瑪莉妲的意識集中在數百公里遠的左邊敵艦上。好遠，加上因疲勞使得感知野模糊不清，不知道感應波能不能傳得到。

「感應砲！」

忍住側腹部傳來的痛楚，凝神控制在感知野中游動的感應砲。事先在敵艦附近待機的感應砲——已經減到七座的小型自動砲台各自噴發推進器，包圍最後一艘姆薩卡級。機會只有一次，要是失敗就會給予敵人反擊的機會，也會讓「擬．阿卡馬」遭受砲擊。意識追著一不留神就會脫離控制網的感應砲，瑪莉妲瞪著因司令艦被轟沉而動搖的姆薩卡級。太陽穴感覺到陣痛，每一次的痛楚都讓感知野越來越模糊，使敵艦的印象變得曖昧。

「中吧……！」

緊握球型操縱桿，從咬緊的齒縫中擠出聲音。七座感應砲的筒尖一起吐出光束，瑪莉妲看到姆薩卡級的輪機部從四面被射穿的景象。從內側膨脹的爆發彈開後方主砲，與衝擊一起飛散的碎片擊飛了感應砲。感知野受白熱的光芒籠罩，被推回來的意識回到肉體中，在遠方閃動的細小光芒映在現實的視野中。

力量從無意識地伸直的身體散去，臉跟著垂下。在上下擺動肩膀喘息時，無線電響起偵測長的聲音：『指標十五號的「姆薩卡」沉默。』瑪莉妲讓「剎帝利」的單眼往後方望去。

『指標十四號，大破。似乎在撤退中。』

『回轉舵，回復到確認航道之上。輪機加速，MS隊不要放鬆警戒，還有敵人留下。』

奧特艦長的聲音接著說道。在腦海的一隅掌握感應砲回程的行動，瑪莉妲將位於十公里後方的「擬．阿卡馬」投影在擴大視窗上。已經失去左舷部彈射甲板很久的船體，白色的裝甲上到處都是燒焦的傷痕，看起來像翅膀的太陽電池板右舷部也折斷了。配置在艦上的「洛特」其中一架用光了彈藥，庫瓦尼的「吉拉．祖魯」也大破而被收容在艦內。把被擊墜的「完全型傑鋼」算進去的話，喪失的戰力數量絕對不低。現況下，可以啟動的機體只有「里歇爾」與「洛特」，艾邦的「吉拉．祖魯」各一架。以單艦防禦來說，兩個小時多就喪失了百分之五十的戰力。

不過，給予敵人的傷害可不只有五成。坦尼森艦隊大多失去了操舵能力漂流著，已經沒有艦艇阻礙我方前進，邁向「工業七號」的道路開啟了。「獨角獸鋼彈」，巴納吉他怎麼了？打開護罩，擦拭滿臉的汗水，瑪莉妲將後腦壓在精神感應裝置內藏的頭枕上。忍住在太陽穴脈動的痛楚，正想感應巴納吉的思緒時，一聲『瑪莉妲』讓她睜開了眼睛。

『妳做得很好，先回到母艦。雖然沒辦法補充感應砲，但至少可以做緊急修理。』

是辛尼曼的聲音。MASTER，她吞下差點從喉嚨叫出的聲音，「可是『獨角獸』它……」瑪莉妲回應道。想著他什麼時候進了艦橋，『那傢伙沒有問題的。』聽慣的聲音回覆著，讓太陽穴的痛楚稍微和緩了些。

『雖然被奇怪的兵器纏住，不過好像突破了。現在正與一架敵機戰鬥。』

「一架……？」

『從這邊觀測起來，周圍沒有其他敵機。「擬．阿卡馬」馬上也會追上。回到艦上休息吧！妳身體狀況還不好吧？』

體諒自己辛勞的情感，混在害臊而刻意裝冷淡的語氣中傳達而來。雖然聲音與平常沒什麼不同，不過這不是在黑暗中原地踏步的人會有的聲音。了解到辛尼曼也踏出這一步的同時，卻對一架敵機這句話感到不對勁，瑪莉妲的視線往巴納吉的方位看去。離「工業七號」還有一千多公里。到這時候還會堵在「獨角獸鋼彈」面前，單機挑戰而來的敵人。

叮，虛空的一點發出聲音並爆出光芒，讓駕駛服下的肌膚起了雞皮疙瘩。雖然激烈，卻又冷酷的光。辛尼曼的聲音所注入的熱度被打散，面具的視線讓胸口凍住——

「是他嗎……」

沒有疑惑的餘地，至少自己到目前的戰鬥中，還沒有感受到那男人的壓力。等待著突破艦隊的「獨角獸鋼彈」，那男人沒有參加戰鬥而保留了體力。瑪莉妲蓋起護罩，再次握住球型操縱桿。「我先行一步。」聽到她的聲音，辛尼曼回以吼聲：『瑪莉妲……！』

「『獨角獸』戰鬥的對象是弗爾．伏朗托。那不是巴納吉一個人贏得過的對手。」

『那就派其他機體去。妳已經到極限了，快回來。』

「出發。」

『瑪莉妲！妳不聽我的命令了嗎！』

「我已經接受過最後的命令了。」

順從內心。『瑪莉妲……』有如呻吟般說完，辛尼曼便啞然無語。感覺到從身後十公里處傳來的他的視線，瑪莉妲踩下腳踏板。張開四片莢艙的「剎帝利」開始加速，映在擴大視窗上的「擬．阿卡馬」急速遠去。雖然也感到辛尼曼的視線隨著遠去，讓身體開始冰冷，不過受人在背後支持的感覺並沒有減少。她被比過去更能清楚感覺到的力量推動，「剎帝利」的巨體在殘骸之海中突進。

既然受人支持，那麼也必須同等地支持別人。回收減至六座的感應砲、急速前進的瑪莉妲，所欲前往之處再次閃出光芒，在她眼中留下殘影。火與冰在互相碰撞——咀嚼著無意識中閃過的這句話，瑪莉妲驅使「剎帝利」往光源處衝去。

※

刻有新吉翁徽章的護盾揮下，從尖端噴出來的高出力粒子束擦過機身。粒子束打在從背後流過的岩塊殘骸，冰冷的岩塊瞬間陷入灼熱。

融化的石礫啪嘰啪嘰地爆開，直徑應該有三十公尺的岩塊破裂化為碎片。飛散的碎片打中機體，讓巴納吉繞到敵機背後的動作慢了一拍。打碎岩塊的「新安州」馬上揮動盾牌，對「獨角獸鋼彈」連續使出斬擊。

「嘖……！」

『新人類。這是由於年輕所產生，一時性的力量。』

兩片光束刃隨著伏朗托的聲音逼近眼前。千鈞一髮地閃過之後，裝備在護盾背面的榴彈砲噴出火花，射出的榴彈大小有如油桶，並在「獨角獸鋼彈」的身旁引爆。

『不會永遠持續，也沒有顛覆大局的力量。不過是——』

對準被衝擊波打飛的機體，有如巨大剪子的光束刃揮舞而來。讓人覺得是將伏朗托的思想具現化的兇暴刀刃——

『年輕氣盛！』

黃色的粒子束擦過彎曲上半身至極限的「獨角獸鋼彈」，斬開虛空。藉著機體就這麼往後翻轉的力道，巴納吉以倒轉的姿勢狠狠踢向「新安州」的腹部。

「別把中年人的絕望強加在我身上，我可受不了！」

腹部遭從下往上劃過的腳跟深深踢中，被踹飛的紅色機體踉蹌著。『是嗎……！』伏朗托呻吟著，右手握住的光束步槍發出閃光，在前一瞬間點燃推進器退開的「獨角獸鋼彈」表皮被光彈燒灼。與步槍一體化的火箭砲口吐出氣體，與光束在同一軸線上的彈體接著射出。巴納吉沒有時間仔細瞄準便擊發了光束麥格農。

空掉的能源匣被排出，用上能源匣所有能源的粗大光軸將火箭彈蒸發。用爆出的光環做掩護，「新安州」退後到殘骸密集的空域。間歇性閃動的噴射光藏在隕石群的縫隙間，讓對物感應器無法追上，不過巴納吉明白不用擔心會跟丟。精神感應框體的光芒，比噴射光更加清楚地在眼中留下殘像。從「新安州」機體不時發出的虹色燐光，會告訴自己它的位置。

「你應該也了解，這道光芒是從我們心中散發出來的。精神感應框體，映照出了我們的心。」

並不是容器。那男人也有可以互相干涉的「心」。巴納吉將包括預備的彈匣在內，殘彈數剩七發的光束步槍放在即時射擊位置，自己也飛進殘骸的密集區中。

「不分新人類或舊人類，我們是可以互相共鳴、互相了解的。收集這道光芒的話，就算要讓殖民衛星飛出銀河外我們也辦得到。人有這樣的可能性——」

『也有人碰觸到這可能性，而崩潰了。』

打斷自己的聲音從背後傳來，紅色機體從殘骸的暗處現身。安傑洛的面孔劃過腦海，讓巴納吉應對的動作晚了零點一秒。

『可能性就是混沌。正因為是不定形，所以容易邁向破滅。不能放著不管啊。』

形成護盾剪子的兩把光束斧接起，「新安州」揮舞變為薙刀的光刃切開殘骸。光束步槍收在腰間，所以不會有飛行道具飛來。巴納吉瞬間看破，並想拉開距離，但是看到護盾舉起時愣住了。剛才還裝在步槍下方的火箭砲，已經被移到護盾的背面。

從護盾前方突出的砲口噴出火光，射出火箭彈。來不及回避了。巴納吉急煞變換方向，讓「獨角獸鋼彈」朝筆直前進的火箭彈衝去。讓眼球好像要飛出去般的G力剛從後方壓來，接著從前面蓋過來的G力讓駕駛服的氣囊膨脹。

「能將它導向善意的就是人心吧!?」

從被壓榨的肺部擠出這句話，巴納吉拔出光劍。筆直前進的火箭彈來不及啟動近接信管從腳邊流過，顯現出疑惑動作的「新安州」逼近到眼前。剛進入它的懷中，巴納吉便將光劍往斜上方揮去。

粉紅色的粒子束，切斷了從護盾中伸出的砲口。但接下來「新安州」採取的行動，凌駕於巴納吉的想像。它分離無法使用的火箭砲，並用頭部火神砲狙擊它。留在筒內的彈體被誘爆，爆炸的閃光掩蓋了巴納吉的視野。

『人心是謎團，更加無法控制。包括自己的心在內。』

劃破這道光芒，「新安州」逼近了「獨角獸鋼彈」。薙刀與光劍劈在一起，劇烈閃爍的火光擴散在兩機周圍。

『過度的希望會化為毒藥。就如你所說的，宇宙居民與地球居民沒有分別。只有分支配者與被支配者、有權力者與無權力者。時而立場互換，人的歷史就是漂泊在這不變的構圖之中。』

裝在「新安州」各關節部位的精神感應框體滲出光芒，讓它腹中球形的駕駛艙隱約浮現著。巴納吉幻視到那被虹光照耀而發光的面具。

『偶發的革命，促成地位互換還不打緊。可是以為所有的人都能成為超脫人類的存在，這樣的想法太危險了。你已經藉由與那架機體一體化，而得到宛如神的力量，不能再讓你接觸到「拉普拉斯之盒」。』

「我是人類！跟你一樣，只是在人與世界的摩擦之中所削出來的一介人類！」

推擋回那滲進毛孔之中的冰冷聲音，巴納吉在大叫的同時扭動彼此抵住的光劍。互相彈開的光束刃讓兩機拉開距離，「新安州」急速後退。

「沒有東西是不會變的。自己與世界，都會隨著心境而改變。你所謂的歷史，只不過是你看到的東西！」

『然而就是有人對那不確定性感到不安。他們舊人類並沒有追求真理，只追求著易懂的解答。』

將薙刀一折為二，變化為兩把光束斧的「新安州」從腳邊急速接近。它橫向迴轉避開光束麥格農的一擊，馬上對位於同樣高度的機體揮下白熱的斧刃，千鈞一髮中的慘叫聲被巴納吉吞了回去。

『以為大家都能達到與自己同樣的境界是錯誤的，強加於人更是傲慢的行為。只要顯示結果給他們看就行了。光是接觸就能毀掉一個人的你，已經無法留在「大家」之中了。』

「這種鬼道理……！」

將光束步槍收在背後的架中，空出的右手拔起肩上的光劍。用兩把光劍接下兩把斧刃，衝突的粒子束立刻爆出連續的火光。也許伏朗托腦海中也一樣閃過反射神經被燒斷的恐懼感。互相斬擊了數秒之後，兩機同時拉開間距，早一口氣回復的「新安州」繞到「獨角獸鋼彈」的背後。

『是要對不想改變的人們繼續訴求著改變，還是要得到不變的結果？我選擇了後者，所以成為了容器。』

「新安州」將光束斧的斧柄接合，再次化為薙刀襲擊而來。轉過身去的同時揮出光劍，巴納吉及時接住薙刀的刀刃。

『注入容器的意志，呼喊著宇宙居民的總體意識。不需要可能性，只要展現被接受的結果。』

「人怎麼會成為容器！那只是你的絕望所喚來的聲音……！」

另一把光劍立刻跟著砍去，十字交叉的粒子束彈開薙刀。被爆炸性產生的干涉光彈開，往後方彈飛的「新安州」機身一瞬間放空。好機會，其他的思緒都被拋在腦後，巴納吉讓「獨角獸鋼彈」一口氣跳躍而去。

「是什麼讓你這樣子的，你那絕望的根源是什麼！」

收起光劍，空出的右機械臂往前方伸去。這動作並沒有多加思索，「獨角獸鋼彈」的精神感應框體輝度增加，張開的五指放出波動。無法目視的「波」此時纏繞著虹色的燐光化為光帶，看起來就如同包圍著「新安州」。

全身關節僵硬，「新安州」有如被鬼壓床般不動。不再殺人。我要拉出你心中結塊的怨念。巴納吉伸長自己的手，「獨角獸鋼彈」與他連動伸出右腕，抓住了「新安州」的頭部。

「脫掉你的面具！弗爾・伏朗托……！」

雙方的精神感應框體光芒互相撞擊、互相纏繞，逐漸融合。與瑪莉妲跟安傑洛那時同樣的感覺。共鳴的思維交疊，形成別的思維那股感覺——可是巴納吉在意識從肉體游離之前，看到伏朗托的嘴角因揚起而扭曲。帶著笑意的嘴唇扭曲，化為漩渦，慢慢地迴轉並拉進巴納吉的思維——

光芒，消失了。

無。

虛無。

毫無一物的空白。

沒有光芒，也沒有黑暗，只有自己存在的空虛。可以疊合的事物，可以交融的事物，一切都不存在。這就是將自己定為容器的男人，他的內在——？

不可能，一定有些什麼。讓這男人扭曲的絕望根源，有著化為怨念搖籃的記憶。漂流在沒有上下之分，連自己的存在都無法確定的空白，巴納吉的思維找尋著伏朗托的思維。就好像在呼應自己斷定不可能沒有東西的思緒般，不知從何而生的黑暗填滿了空白，巴納吉認識到散滿數億星雲的黑暗宇宙。

無限，可以表現這句話的唯一存在。用人的力量，無法去衡量這樣的規模。就算只是要在銀河系中移動一小步，都要花上數百萬年。與其無緣的思路，平常鎖在常識的廚櫃中的現實伴隨著實感逼近而來，讓巴納吉感受到幾乎窒息的恐怖。

在無限的空間之中窒息？真是笑死人了。可是，生為一個個體，活動時間只有不到百年的人類，一定到死為止都無法脫離銀河，連能不能夠脫離太陽系都是個問題。所以才有可能窒息。在地球與月球，頂多擴大到火星或者木星的生活圈——連從這片對宇宙來說，只不過是極細微的一點空間都無法踏出一步，被肉體的柵欄所綑綁、被自己發現的相對論所束縛，無法窺視宇宙的深淵而結束一生。只能像身在地球時一樣，把伸手所及的範圍內，所有的星體全部吃乾抹淨，總有一天會連種族的生涯都劃下句點。也許面對著無限，人類就是只能夠窒息而已。

集合感應力場的光芒，就能飛出這太陽系？若是真正的新人類的話，可以展現出超越光芒的存在的樣相？可是這道深淵，會連那樣的可能性一起吞沒。以它那不論飛到何方，仍舊什麼都沒有，無底的黑暗，讓人們尚未飛出之前便萎縮。這片宇宙什麼都沒有，只有無限，也沒有其他可以相會的高智能生命體。就算有，也是早已滅亡的文明殘渣，或是未來會發生的原始生命萌芽。一個種族從誕生到滅亡，對宇宙的尺度來說只不過是一瞬之間。一瞬間與一瞬間能夠邂逅，這樣的奇蹟在這宇宙中仍未發生。

人類也是那一瞬間之一——只不過是在永劫之中產生的剎那光芒。存在的意義，或是曾經存在的意義，都無法傳達給任何人，誕生而又消失。可能性終究只是可能性，只能在一瞬間慰藉百萬年間的孤獨。即便是現在也正一步步邁向終結，持續在虛空之中散發著熱量。

好冷。可以感覺到全身的熱度被奪去，自己的存在被虛無所吞沒。沒有用，不管做了什麼，奧黛莉的溫暖、父親的願望、母親的思念，一切都只是一瞬的億分之一，一眨眼的夢幻罷了。都已經有早就決定好的結局了，不管做什麼——

——只有人類擁有神。

在只有自己的虛空之中流過「聲音」。寄宿在自己內心的思維，讓自己這個存在成形的東西所發出的「聲音」。

——名為可能性，在內心的神。

「聲音」化為光芒。沒錯，「要有光」，原初的創造主曾這麼說過。言語會產生光芒，思考會認識到現象。知性的存在，才能將只是茫然存在的空間認識為世界。人身為人的力量與溫柔，給予宇宙存在的意義。

——不要去看虛無，虛無並不會回顧你，只會將你吞噬。

光芒逐漸變大，溫暖的波動掃去凍結的虛無。自己認得的「聲音」，從內側支持著自己存在的瑪莉妲思維。巴納吉的手伸向光芒。

——不要被他吞沒。你是人類，與我們這樣的創造物不同。取回你自己的言語吧。

眩目的光芒化為人形，巴納吉回握她的手。就是這麼一回事，掌心傳來肌膚的溫暖。不管發生了什麼事都要繼續說著，她教過自己的唯一一句話，在巴納吉心中產生，並擴大到虛空全體。就算只是未來必定會散落的一瞬間，就算只是從虛無而生，最後只是回歸到虛無的存在——

「就算這樣……！」

叫出的言語化為力量，從「獨角獸鋼彈」的手腕放出。感應力場的光帶爆開，巴納吉看到「新安州」被彈飛的光景。

『這力量……？』

伏朗托的聲音第一次閃過動搖的色彩。搖動回到現實的頭腦，巴納吉環顧包圍機體的七色光帶。不只是「獨角獸鋼彈」單獨放出的光，也不是與「新安州」之間形成的光。是將自已從虛無之中拉回來，與鄰近的生命共鳴所產生的光。

被彈開的「新安州」靠AMBAC機動重整體勢，左手拔出腰間的光束步槍。思考還沒有跟上事情發展，巴納吉毫無防備地回望它的砲口。一瞬間，數座感應砲撕裂感應力場的光芒，並交錯在視野之中。

『你的對手，是我！』

裂帛般的叫聲響徹無線電，感應砲群一起射出光束。後退的「新安州」揮轉光束薙刀，千鈞一髮地彈開殺來的光束。雙軸的火線接著補上，飛退的「新安州」從視線中消失後，「剎帝利」的巨體從「獨角獸鋼彈」眼前掠過。裝備在它右腕的兩挺光束格林機槍發出粗大的光彈，追著Z字移動的「新安州」。

「瑪莉妲小姐！」

『巴納吉，你先走，這傢伙由我來招呼。』

張開四片莢艙的「剎帝利」發出虹色的燐光，並拔出光劍斬向「新安州」。「新安州」用回轉的薙刀擊破一座感應砲後，反轉刀身接下光劍，並且立刻翻身。看準「剎帝利」沒有右手，紅色的機體掌握斬擊的死角繞到背後，卻被從莢艙展開的隱藏臂出其不意地擋下，沒能揮動薙刀便向後飛去。感應砲追隨在後，讓光束的光軸交錯。預測「新安州」的回避軌道，「剎帝利」的隱藏臂也伸出光劍，共計三把光刃閃動，撕裂了黑暗。
兩機之間連續爆出四濺的火光，刀劍戰一進一退地反覆著，兩架機影眩目地奔馳在虛空之中。戰況看起來是平分秋色，不過瑪莉妲與「剎帝利」都因為至今的戰鬥而疲憊不堪。瑪莉妲那光是要對付眼前敵人就用盡全力，意識無暇顧及其他地方的思維傳達而來。巴納吉發現感應力場的輝度下降，便讓「獨角獸鋼彈」往兩架機體追去。如果能引發與「剎帝利」之間的共鳴，也許可以擊退「新安州」。向無法援護射擊，甚至無法插手的兩機接近之際，感應砲群擦過機身衝到前方，『礙事！快點走！』瑪莉妲的聲音響起。無視失去包圍的時機的感應砲，「新安州」揮動的薙刀掠過「剎帝利」的頭部。
「可是……！」
『快點前往「工業七號」找「盒子」！馬上……』
更加劇烈的火光爆出，「剎帝利」被熔斷的隱藏臂飛舞在空中。「瑪莉妲小姐！」巴納吉大叫，想要硬是插進兩機之間的同時，『遵照指示，巴納吉！』他聽到無線電傳來了其他聲音。
『只要拿到「盒子」……快點……』
斷斷續續的聲音，在巴納吉腦海裡凝聚出辛尼曼的臉孔，吹過駕駛艙。確認雷射通訊暫時恢復的標示，巴納吉轉身看向背後。『快去吧，巴納吉。』凜然的聲音接著敲入耳中。

『我們也會追上……瑪莉妲的……』

雜訊越來越強烈，通訊中斷的字樣閃爍著。雖然被宇宙殘骸妨礙，不過「擬．阿卡馬」已經接近至雷射通訊可以捕捉的距離了。「奧黛莉……！」巴納吉對中斷的無線電呼喊，與主監視器同調的視線往左右看去。擴大視窗自動開啟，熟悉的白色艦影在宇宙殘骸的另一端浮現的剎那，『這樣也好。』極為明晰的無線電聲音在頭盔中響起。

『你自己所生出的魔物，在找尋著你。』

就算身於毫無片刻停止的刀劍戰之中，伏朗托仍然不急不喘地說著。那聲音告訴巴納吉——我認識了你。就在我被虛無所吞沒的時候，這個男人也看到了我的內心。沒有時間多詢問他話中的意義，『巴納吉！』瑪莉妲真的生起氣來的聲音穿過鼓膜，促使巴納吉踩下了腳踏板。

噴發主推進器，加速的「獨角獸鋼彈」從戰域脫離。有時就算知道以後會後悔，也不得不前進——「剎帝利」與「新安州」在背後發出的交戰光芒告訴著自己、驅使著自己，巴納吉頭也不回地讓機體加速。NT-D的訊號消失，全精神感應框體收縮，也停止發光了。滑動的裝甲藏起露出的框體，面罩覆蓋了雙眼監視器，機影回到獨角獸樣貌的「獨角獸」飛在暗礁的宇宙之中。

時刻是標準時間上午十點四十五分。戰鬥開始過了兩小時半，差不多該接近到可以目視的位置了。一邊啟動天體觀測用軟體，巴納吉叫出了拉普拉斯程式的座標資料。〈La+〉的紅色光點在正面閃動，自動開啟了擴大視窗。為了搜尋目標而掃描周遭殘骸的形狀，不斷顯示著「不一致」信號的視窗，終於捕捉到遠方的物體，閃爍著「一致」的文字。

CG補正開始，宇宙殖民地的影像投影在視窗上。全長超過二十公里，直徑達六公里多的巨大筒狀物，仍然被塊狀雜訊（block noise）覆蓋而無法看到它的細部。不過，從色澤的不同，可以判斷出筒身有三分之一被「轆轤」覆蓋著，而且「轆轤」前方連接的殖民衛星建造者——所有人都叫它「蝸牛」的「墨瓦臘泥加」，那獨特的形狀，住在那裡有八個月的自己都可以一眼分辨出來。

「我回來了……」

眼前的密閉型殖民衛星，吞噬著顛覆世界的「拉普拉斯之盒」祕密，在暗礁之中靜靜地漂浮著。巴納吉下意識地握緊拳頭，沒有錯，他凝視著可以看出是「工業七號」的擴大畫面。一切都從那裡開始。「獨角獸」、奧黛莉、卡帝亞斯，辛尼曼與瑪莉妲也是在這裡遇見的，之後被「擬・阿卡馬」收容，然後——

一瞬間降臨的冰冷殺氣，讓之後的思緒四散。巴納吉反射性地推倒操縱桿，舉起光束步槍的槍管。殺氣凝聚在扭轉身體、偏離軌道的「獨角獸」眼前，並化為小小的光芒閃動，隨後即刻化為粗大的MEGA粒子奔流，從「獨角獸」的身旁擦過。

「什麼……!?」

——找到你了，「獨角獸」！

接著飛來的「聲音」，讓他想到邪氣這個詞而起雞皮疙瘩。光軸再次發射——閃過那有如光束麥格農的能源塊，巴納吉也扣下扳機應著。同樣粗大的光軸交錯，劃過虛空之中。光軸的輻射光照出接近的機影，黑色的裝甲在漆黑的宇宙中浮現。

在融入永夜的機體額間，從正面看來像是獨角的複劍型天線放出金色的光芒。黑色的「獨角獸」，「報喪女妖」。在裡面的駕駛員是……

「利迪少尉嗎……!」

沒有去想為什麼。自己所生出的魔物——心中想著伏朗托那化為實體凝結的詛咒，巴納吉為了應付下一波的攻擊而驅使「獨角獸」疾馳而去。「報喪女妖」也翻動黑色的機體，面罩內的雙眼閃出光芒。面對著開始與結束之地，兩架獨角獸型第三度對陣，為了互相找尋死角而閃動著噴射光。

※

「怎麼會……！為什麼!?」

聽到像慘叫般的聲音，「怎麼了!?」最早做出反應的是奧特。米妮瓦隔著他的肩膀看向通訊操控台。「RX-0，巴納吉！回答我！」美尋少尉叫著，她手搭著頭盔的背影映入米妮瓦視野之中。

「你說利迪少尉，利迪少尉向你發動攻擊，是怎麼回事!?」

奧特的聲音似乎也沒傳進她的耳裡，她動手調整著雷射通訊的角度。美尋的聲音與剛才判若兩人，讓米妮瓦聽到自己的心臟劇烈跳動的聲音。「居然是利迪少尉……!?」奧特的聲音也抬高了。

「意思是說，隆德．貝爾來了嗎？『獨角獸』呢？」

「殘骸太多，偵測器追不上。似乎正與單一敵機交戰。」

偵測長回應道。既然光學觀測追不上，那麼雷射通訊也沒理由追得到它。米妮瓦看著美尋拚命地調整，想要找出那段可能是交戰前收到的聲音的背影，「美尋少尉，先報告！」蕾亞姆發出的怒吼，讓自己不禁肩頭一震。「是、是的……！」美尋反射性地打直腰桿，轉過還沒完全回神的臉朝向蕾亞姆。

「還不清楚，只聽到利迪少尉，還有『報喪女妖』發動攻擊什麼的……」

那張蒼白的臉孔發出的聲音，再一次讓米妮瓦心臟噗通噗通跳，這次是讓指尖都隨之顫抖的劇烈鼓動。在米妮瓦愕然地仰望主螢幕的同時，「『報喪女妖』……？」奧特呢喃著，「是『獨角獸』的二號機。」艾隆插嘴向他解釋。

「為什麼會在這種地方……不是在地球毀損了嗎？」

「應該是這樣。與『迦樓羅』一起墜落的時候……」

但是他沒有親眼目睹，坐在砲雷長席的辛尼曼閉上嘴，將發白的臉孔轉回正面。米妮瓦感覺到坐在司令席上的身體從骨子裡發出顫抖。在這裡的人們，並不曉得降落到地球之後的利迪。就算知道他的來歷，也沒有辦法將那些與目前的狀況連結在一起。想著這些事只有自己知道，米妮瓦的目光，落在被太空衣材質覆蓋的掌心上。

應該要牽的，不是這雙手——下定決心，將那伸過來的手甩開的這雙手掌。急速遠去的「迦樓羅」，以及那張彷彿與世界的聯繫被切斷的悲痛神情。背負著家族的宿命，為了阻止「盒子」開啟……還不只如此。他為了抓住那時候沒能抓到的手，而與黑色的「獨角獸」訂下契約——

這不是思考，而是直覺。如果是這樣，那麼一切責任都在我身上。覺得不能只是呆坐在這裡，然而腦中又想不到該怎麼辦才好。就在她環顧艦橋時，無線電響起康洛伊少校的聲音

『ECOAS920通知艦橋，噴射座出發準備完畢』，讓米妮瓦獨自瞪大了眼睛。

『隨時可以出發，請通報戰況。』

「我是艦長，目前狀況複雜。保持現況待命。」

『是「帶袖的」的增援嗎？』

「還不清楚。」奧特回答得含糊。預定先一步前往「工業七號」的ECOAS，已經做好出發準備了。拉到發著甲板的SFS，載著名為「洛特」的MS，武裝的隊員們一定也已經在機內待命中了。想到這裡，身體便擅自行動，米妮瓦悄悄地離開了司令席。「MS隊，還沒有追上『剎帝利』嗎!?瑪莉妲身上還有傷啊！」「正趕過去了啊！」她背著辛尼曼與蕾亞姆互相咆哮的聲音，沒有與任何人碰面，離開了艦橋。

還不知道自己能夠做什麼。也許結果會讓事態更加混亂，不過她的心中充滿了必須阻止他們的思緒，米妮瓦屏住氣息蹬了通道的地板。搭上電梯，按下MS甲板那一層的按鈕。

『要是「獨角獸」被纏住的話，那麼我們想自己先前往「工業七號」。動作若不快一點，會被

「留露拉」追上的。』康洛伊焦急的聲音從無線電流出，讓她緊繃的肌膚發出顫抖。

※

雖然預測到大概的路徑，不過能這麼早就接觸到真是意外的僥倖。從噴射座脫離後不過三十分鐘，機體的推進劑也還留有十二分。利迪將背部的超級火箭砲裝備在左手，與右手的光束步槍呈現雙槍態勢，並對著瞄準畫面上補捉到的白色機體擊發火箭砲。射出的380ｍｍ彈一面迴轉一面延伸而去，內藏在彈體內的數百顆鐵球爆了出來。

在前一瞬間，噴發推進器的「獨角獸」急速反轉，從「報喪女妖」的腳邊穿過。雖然利迪馬上讓火神砲齊發，不過心裡也很明白這樣起不了牽制效果。噴射光瞬間消失，利用ＡＭＢＡＣ機動轉身的「獨角獸」藏身在殘骸的暗處。看不見的殺氣凝塊從背後爬上身，讓全身的汗毛倒豎。

「好快……！」

他分明還沒變成毀滅模式，卻完全追不上。利迪讓自機Ｚ字移動，索敵的目光往上下左右看去，同時他對承受著壓力的自己感到焦躁。精神感應裝置螢幕明明顯示正常運轉，Ｎ

T-D卻毫無反應。是什麼東西不夠?跟可以那樣操作機體的**怪物**面對面,總該發動了吧。

『利迪少尉,住手啊!』

瞬間,那頭怪物的聲音撕裂耳朵,讓利迪握住操縱桿的手抖了一下。

『你沒有看清楚狀況。我們沒有理由在這裡戰鬥啊!』

「閉嘴!」

朝著無線電的發信方向,扣下光束步槍的扳機。帶有平常四發份的MEGA粒子彈穿過殘骸之海,一時之間照出混在岩塊中的白色機體。它的獨角閃出反射光,利迪立刻重新舉起超級火箭砲。

「反叛聯邦的你們,打算接近『拉普拉斯之盒』。身為聯邦的軍官、身為馬瑟納斯家的一員,我有義務阻止你們!」

無意義的空虛感讓他的面容扭曲,利迪扣下扳機。拖著氣體尾巴的火箭彈直擊其中一塊岩石,『你騙人的吧,利迪先生!』巴納吉吶喊的聲音從完全不同的方位傳來。

『你不是為了這種事來到這裡的。快離開「報喪女妖」!那架機體太危險了!』

忠實重現發訊方位的無線環場音機能,告訴自己「獨角獸」的位置從背後繞到頭上。跟丟機體的視線朝左右看去,「少開玩笑了!」利迪怒吼,將「報喪女妖」正對著聲音傳來的方位。

「那麼，我是為了什麼而來的!?」

『是奧黛莉吧？你為了帶她回去，才會駕駛那種機體……！』

迎面而來的聲音，讓羞恥的種子破裂後遠去。利迪頓時血氣上衝，但隨即被一股令他聽不懂對方說了什麼的衝擊感麻痺身心，忘了攻擊的他只是目送「獨角獸」從頭上劃過。

「……是啊，你還是小孩子。小到不懂什麼事可以說，什麼不能說……」

無法處理的憤怒，化為自嘲的笑容扭曲著嘴角。在「擬．阿卡馬」見到的那張稚氣的臉孔閃過腦海，利迪似笑非笑地上下顫動肩膀。沒錯，他是小孩。就算「獨角獸」變得如此強悍，那傢伙還是從那時候就沒有變。只會展現著他那不成熟的自我意識，卻想像不到他自己的存在嚴重地威脅著別人——

「這種傢伙，居然被稱作新人類，不負責任地擾亂世界……！我饒不了你！」

滿腔怒火化為光束麥格農的光芒噴出，掠過「獨角獸」。「報喪女妖」面罩下的眼睛閃動光芒，蹴向虛空，讓右腕的光束勾棍發振。利迪蹬了一腳軌道上的殘骸，逼近退後的「獨角獸」，並透過防眩遮罩看到雙方粒子束衝突發出的光芒。「獨角獸」機體輕盈地閃過連續而來的斬擊，向後方飛退，巴納吉的聲音再次響起：『利迪先生，住手啊！』

『「獨角獸」與「報喪女妖」在互相牽引著。我沒辦法再壓抑了……！』

「意思是你在手下留情嗎!?你到底想讓我丟臉到什麼地步才甘心啊！」

打完最後一發彈藥的同時，連同超級火箭砲一起丟出去。閃開的「獨角獸」繞到下面，白色的機體混進密集的宇宙殘骸中。鏗的一聲，有如耳鳴的聲音混在意識的一角，利迪踏下腳踏板追向巴納吉。光束麥格農的光芒從加速的「報喪女妖」身旁閃過，直擊一塊宇宙殘骸，粉身碎骨的岩塊化為散彈灑向機體。

「怎麼……！」

『現在不是做這種事的時候！伏朗托他……！』

碎片啪嘰啪嘰地打在機體上的聲音，混著巴納吉遠去的聲音。藉著宇宙殘骸間接進行攻擊——意思是只要他想做，隨時都可以直接命中自己嗎?對技量的差距感到戰慄，咬緊牙關的利迪，看向儀表板上的精神感應裝置螢幕。NT-D仍然不肯發動。「報喪女妖」仍然在沉睡著，只是以機械的身分包裹著自己。

「『報喪女妖』，給我力量……！」

為此有必要的話，這沒用的心靈與身體都可以給你。無意識中低喃之時，有如金屬共鳴聲的高頻波再次震動著鼓膜，感受到刺痛的太陽穴響起「聲音」。

——利迪，在後面。

「聲音」化為金色的光芒流動，貫穿了頭蓋骨。做出反應的知覺擅自操作起機體，扭身轉向背後的「報喪女妖」擊發光束麥格農。轉身的一擊劃過黑暗，擊碎了岩塊，飛散的碎片像煙火般在眼前擴散。被碎片群包圍的「獨角獸」在其中蹣跚而去。

「是誰!?」

利迪手扶住頭盔看向左右。還未查覺「聲音」的真面目，他先感覺到了「獨角獸」拖著光帶飛去的機身，利迪像是被牽引般地讓「報喪女妖」追去。再次繞到腳邊，蹬宇宙殘骸一腳，從背後往頭上衝去的白色機體——就算離開視野也追得上，利迪可以清楚地感覺到「獨角獸」所劃出的軌跡。

「看得見……!」

利迪讓機體往那軌道滑去，揮下左手拔出的光劍。在千鈞一髮之際，同樣拔刀的「獨角獸」擋下的光刃發出光芒，衝突的粒子束干涉光爆炸性地擴大。利迪看到激烈地閃動的白色光芒出現顏色，七彩的稜鏡光四處流動的景象。這光芒包圍了「報喪女妖」與「獨角獸」，促使各自的精神感應框體發出光芒，使得燐光噴發。

『感應力場……!?』

巴納吉的動搖化為波動傳來。背負著也滲入駕駛艙內的光芒，利迪將糾砍的光劍往上方揮去。「獨角獸」拿著光劍的手往上彈開，放空的機身向後搖晃。看穿了「獨角獸」下一瞬間會噴射姿勢控制推進器，採取脫離行動，「報喪女妖」立即舉起來的手扣下光束麥格農的扳機。

「逮到了！」

粗大的光柱擦過「獨角獸」，用護盾擋下飛散粒子的機身往後彈飛。他的恐懼、動搖、接下來會採取的行動，一切都被自己看穿。利迪幻視到環繞著機體的光芒化為手腳，吞沒了「獨角獸」的景象。再也不會跟丟了。開放到周圍三百六十度的知覺，連「獨角獸」所散發的放射熱都捕捉得到。

——沒錯，這樣就對了。逼死它。

分不清是風還是光的壓迫感貫穿太陽穴，使「聲音」響起，讓利迪睜大雙眼。

「感應波動……!?亞伯特嗎？」

混有陰影的思維，沒有錯，亞伯特也來到這個戰場了。可以感覺到他的思維與自己的思維產生共振，讓知覺擴大。剛才的通訊——所謂的支援物資就是指這個嗎？現實的思考被騷亂的光芒壓過，利迪追尋著在感知野中四處飛翔的「獨角獸」。亞伯特的思維捕捉到那想繞進死角的機影，轉播給利迪的思維。他的敵意與憎恨在利迪的心中爆發，讓心臟噗通噗通地加速。

——「獨角獸」已經是感應力場的俘虜了。只要引出「報喪女妖」的力量就能贏得了。

「聲音」傳達而來。沒有去思考為什麼會有聲音的時間，也沒有必要，利迪不斷聽著自己好像要破裂的心臟的跳動聲。「報喪女妖」的精神感應框體響起共鳴音。「獨角獸」這件異物在兩股思維的夾縫間跳躍著。那讓自己的命運瘋狂的機體；搶走米妮瓦，現在又想開啟「盒子」的魔物。

「要是沒有它的話……！」

達到臨界點的心臟破裂，爆出灼熱的黏膜，從肉體滲出並通往機體的每一個角落，「報喪女妖」發出「吼……」有如野獸般的低吼聲。『不可以，利迪先生！』巴納吉的喊叫聲，也不過是混在機體咆哮之中的些許雜音。NT-D的訊號發出血色的光芒，利迪想像著拉長四肢的自己。

機體的裝甲如想像中地滑動，順著四肢伸展之勢擴張的框體放出金色光芒。面罩被拉下，雞冠狀的角左右張開，擴展成V字型的複劍天線像獅子的鬃毛般發出光輝。

「這就是『鋼彈』……！」

轉換成毀滅模式，不過零點五秒——可是，感覺卻好久好久。自己的感覺與機體一起擴張，神經一路擴展直到機械臂的指尖。身體好重，宛如沉浸在液體裡一樣，不過自己了解這是因為時間的感覺亂掉了。在一秒被拉長十倍的世界裡，連空氣都帶有黏性。精神與肉體分離，壓迫著只能用普通速度行動的血肉與骨骼。

不過，沒有焦急的必要，要操作現在的「報喪女妖」不需要肉體。意向自動擷取系統，以及回應駕駛員意志的精神感應框體，會流暢地操作得到「鋼彈」外貌的機體。操作連到機體全身的神經，利迪讓「報喪女妖」往「獨角獸」突進。一口氣逼近的機體散發著黃金色的燐光，黑色「鋼彈」的機體浮現在永夜之中。

『利迪！』

近似悲鳴的聲音響起，「獨角獸」純白的裝甲滲出紅色的燐光。回避「報喪女妖」的斬擊，往後方翻身的機體擴展框體，同樣得到「鋼彈」外形的面孔看向自己。它的變化，以及隨後舉起光束步槍的動作，一切看起來都只是慢動作。利迪在麥格農彈射出的前一瞬間往上飛，跳到「獨角獸鋼彈」的頭上。

「太慢了！」

頂出精神感應框體已經展開的膝蓋，踢向「獨角獸鋼彈」的頭部。翻滾般彈飛的機體回轉，撞上宇宙殘骸而陷入失速狀態。你看著吧，亞伯特。我會用這雙手去撕裂那否定我們存在的魔物。準星對準散播著燐光迴轉的「獨角獸鋼彈」，利迪的手指扣住光束步槍的扳機。

「逮到你了！巴納吉！」

打空的能源匣被排出，MEGA粒子的奔流爆射而去。染上暴力色彩的光芒撕開了感應力場的光帶，在虛空中拖出長長的線段。

※

「不可以，利迪！」

不自覺地大叫的同時，看起來有如戰艦砲擊的光束擦過機體，讓94式噴射座的操縱室劇烈震盪。背後的鉚具軋軋作響，米妮瓦她幾乎被拋離座位的身體因恐怖而縮緊。『是獨角獸型！』她聽到頭盔中傳來的無線電聲。

『機體是黑色，觀測到那股發光現象。兩機似乎都變成了毀滅模式。』

從台座上「洛特」駕駛員傳來的報告，讓康洛伊發出呻吟：「『鋼彈』在互相戰鬥嗎……？」隔著他從後方座位站起，身子探向操縱席的背影，米妮瓦凝視著窗外那宛如極光的光芒。似乎包圍著兩架獨角獸型機的光帶，形成了直徑達十幾公里的「力場」，從這裡看來就如同有拳頭般大小，搖動的光之繭。光芒淡得像是映在眼裡的殘影，就算在眼前晃動，也毫無現實感，然而偶爾爆出的光束光卻銳利無比，讓米妮瓦不得不認清兩機正在戰鬥的現實。

感應力場的光，與在地球所看到的一樣。兩架獨角獸型機體的衝突，會發生吸收人命的魔性之光。說服康洛伊，與先遣隊同行離開「擬．阿卡馬」，花了十分多鐘。面對著在這期間往最壞方面發展的事態，米妮瓦心中掠過也許已經無法阻止的絕望感。從那道光芒中心發出的怒氣，是這麼地激烈。明明還隔著數百公里的距離，可是兩人碰撞的「氣」，強到讓肌膚麻痺。

「隊長，繼續接近太危險了。要是衝進兩架『獨角獸』的戰鬥之中……」

也許是抱著同樣的感覺，握住操縱桿的加瑞帝上尉臉色蒼白地說著。不只是噴射座，以坦克型態固定在機上的兩架「洛特」也同樣沒有戰鬥力，就這麼突入戰場的後果不難想見。預料到康洛伊將會做出撤退判斷，米妮瓦插入兩人之間的對話：「再一點就好，請再靠近一點。」「殿下……！」康洛伊用責難的目光望過來，米妮瓦沒有回看，視線盯著在窗外搖動的光之繭。

「感應力場正在擴大。接近的話，也許可以傳達我的聲音。」

「可是，那道光芒有如能量的風暴。噴射座靠近的話，會被壓垮的。」

「那麼，我一個人也要去。請借我攜帶式推進器。」

米妮瓦面不改色地說道，「說什麼傻話……！」康洛伊發出似乎真的生氣了的聲音。雖然這麼早就毀棄了會全面遵守他指示的約定，不過沒辦法。米妮瓦從座位上探出身子，用女王的眼神看向康洛伊。

「雙方都是與我有關的人。只要查覺我的存在——」

光束再次擦過機體，衝擊波搖動著操縱室。副駕駛席上的隊員停下響起來的警報音，「要回航了！」加瑞帝回頭對康洛伊叫道。康洛伊一言不發，看著米妮瓦的眼神沒有移動。那令人想起他們狩獵人類部隊別名，燒灼著眼球的目光射穿米妮瓦，過了不久，他的嘴角突然露出微笑，頭稍稍低了下去。

「……而獸以潔白之姿接近一名少女，長存於她的心中。」

吐露出自言自語，他的瞳孔被頭盔的帽緣遮住而無法看見。這是歌詠獨角獸的詩歌其中一節，對這個男人竟然暗記著這段詩感到意外的同時，米妮瓦也想像不到他此時唸出這段詩的理由，皺著眉頭看向ECOAS隊司令的側臉。康洛伊馬上抬起頭，消去嘴角的笑容，「保持現狀前進，四十秒。」他發出剛強的聲音。

「在倒數到零的同時轉向，從光之力場的南面穿過，前往目標宙域。」

一瞬間想用抗議的目光看過來，不過加瑞帝又看回操控台，毫無表情地說道「了解」。

「倒數，開始。」在副駕駛接著說著的同時，米妮瓦看著康洛伊的側臉。康洛伊的視線看向窗外，「要是狀況不妙，我會在途中折返。」他說道。

「請您呼喚他們吧。也許您能夠馴服那些野馬。」

說完，他看向自己。無庸置疑，那是到頭來只能靠著自己的直覺，不斷地從不可能預測的修羅場活下來的男人眼神。靠著自主判斷讓自己同行，離開「擬·阿卡馬」的康洛伊，也許一開始抱持著什麼打算。曖昧地接受這一切，米妮瓦將背部靠向堅硬的座椅。她閉上眼睛，思維集中在眼瞼內搖動的光芒。大概是被小塊的殘骸打中，操縱室叩的一聲縱向晃了一下，「十秒經過。」她聽到副駕駛告知的聲音。

——利迪，是我。米妮瓦·薩比。

放在膝蓋上的拳頭緊握，她呼喚著。噴射座的引擎聲突然遠去，她感受到冰冷的真空進入太空衣內側的感覺。

——你的痛苦已經傳達過來。不要再做這種事了。越是戰鬥，你就傷自己越深。

——是妳害的。

昏暗的「聲音」化為壓迫感湧過來。甩開手時所看到的悲痛瞳孔與聲音重疊，米妮瓦感覺到與意識游離的肉體微微一震。

——妳否定了我；我拜託過妳不要讓我獨自一人，可是妳甩開了我的手。

那忘我的狂亂思維，將自己的存在硬推給米妮瓦的思維。雖然自己也感受到痛苦卻無法停手，心靈對心靈施加的暴力。宛如孩童般直率而殘酷的思維。

——跟母親一樣。大家都只顧自己的立場，沒有人肯幫助我。

「利迪，那是……！」

無意間叫出的話語，讓現實的嘴唇動起。沒有這回事，米妮瓦在意識之中想說下去，可是卻查覺到自己仍然沒有伸出手。只是接近，卻不願覆上他的手。因為她知道，該牽起的不是這雙手。

——妳是來嘲笑我的嗎！

激昂的思維化為針刺，貫穿全身。不是的，想編織的意識沒有化為言語，米妮瓦現實的肉體因痛苦而抖動。康洛伊吃驚地回過頭來，叫著：「殿下……!?」

「利迪……！」

勉強連繫著被撕裂、幾乎彈開的思維，坐在座椅上的肉體伸出顫抖的手。感應力場在抓

空的指尖前發出狂暴的光輝，足以動搖存在根源的暴風吹襲著米妮瓦。

※

熟悉的悲鳴搖動腦殼，讓放在球型操縱桿上的手掌發麻，一時之間告訴了自己發生衝突的兩架獨角獸型機，以及毫無防備地闖進他們之間那思維的存在，搖動著瑪莉妲的感知野。

「公主……!?」

太亂來了。在反射性望向背後的剎那，於正面爆炸的光環膨脹，感覺被扯斷的痛楚與衝擊折磨著身心。瑪莉妲無視痛苦拉著球型操縱桿，讓自機移向不會正對爆炸光的位置。「新安州」背著被斬碎的感應砲爆炸光，急速逼近距離。

『妳有空去東張西望的嗎?』

伏朗托的聲音傳來，光束薙刀在擦身而過的同時揮向「剎帝利」的右手。裝備在前臂的兩挺光束格林機槍砲身皆被熔斷，瑪莉妲在誘爆前先一步分離機槍。在迴轉的視野之中看著被火球吞噬的格林機槍，瑪莉妲讓僅剩一座的感應砲迎向「新安州」。沒有時間回到母機，能源即將用盡而漂流的自動砲台如同彈射般啟動，衝向背對的「新安州」。

之前百發百中的MEGA粒子彈從感應砲的筒尖吐出，千鈞一髮閃過的「新安州」往左邊移動。正如預料。瑪莉妲促使感應砲改變軌道，就這麼往「新安州」撞去。化為追蹤飛彈的感應砲噴發推進器，在紅色機體的軌道上交錯。但是在前一瞬間，它的光束步槍緩緩舉起槍口，裝備在槍管下的榴彈發射器噴出擊發的氣體。

感應砲與射出的榴彈正面衝突，化為膨脹的火球，「新安州」靠著光芒掩護消去了身影。瑪莉妲用肉眼清查著有許多殘骸漂流的虛空。感知野中追不到。他熟稔隱藏殺氣的技巧，也許是因為他不把人當人看，將自己置身世界之外，才能夠完全封殺自己的氣息。

『感應砲用完了吧，瑪莉妲中尉。』

不知何時繞到背後的氣息，傳來有如冰一般的聲音。莢艙的擴散MEGA粒子砲也被破壞，「剎帝利」已經沒有光劍以外的武器。順著無線電的發訊方位旋轉機體，瑪莉妲面對伏朗托聲音的來源，目光掃向冰冷的宇宙殘骸群。

『為了與機器同調，而掏空腦海一部分的強化人……真是奇妙，似乎有什麼寄宿在那片空白之中，讓妳變得遲鈍。』

從宇宙殘骸的暗處滲出的聲音，帶有憐憫同類的聲調震動著鼓膜，讓自己起雞皮疙瘩。用怨念填滿同樣的空白，並且大言不慚地說這是宇宙居民的總體意識，空洞的男人發出的聲音——

『真是遺憾，妳本來也能成為容器的。』

殺氣漲起，光彈從宇宙殘骸暗處噴出。雖然在前一瞬間採取迴避動作，然而各部位都受到損傷，質量變得不均衡的機體無法隨心所欲地行動，讓沒能完全閃開的光束燒灼「剎帝利」的裝甲。帶有玩弄意識的光彈連續打向機體，讓線性座椅有如要碎裂般劇烈震動。構成全景式螢幕的面板也發生龜裂，咬緊牙關忍下悲鳴的瑪莉妲，在還沒碎裂的螢幕面板上看到「新安州」逼近的機影。

沒有時間展開莢艙的隱藏臂，一閃而過的光束薙刀捕捉到「剎帝利」的腳部。比起剛才強上一倍的衝擊震撼著駕駛艙，讓瑪莉妲的頭盔撞上操控台。安全氣囊沒能完全吸收衝擊，與操控台邊緣撞上的護罩化為圓形顆粒碎開，同時側腹部發出沉重的聲音，比痛覺更強烈的窒息感壓迫身軀。從口中嘔出黏稠的塊狀物，飛散的紅黑色液體染在裂開的護罩上。在溢出頭盔的血粒的對面，回轉的星空中有無數的光芒拖著殘像，自膝蓋被斬開的「剎帝利」左腳急速遠去。

是肋骨刺到肺部了吧。用**被創造**時就已經養成的習性推斷身體狀況，同時為了停止回轉而動起控制姿勢的手腳。失去一條腿的機體機動力低落，無法停止回轉，也無法把握「新安州」的位置。下一次被狙擊就完了——我還可以戰多久？在遠去的意識一隅思考的瞬間，辛尼曼的臉孔不知為何在流動的星空中浮現，瑪莉妲對意識不知所以然地飛躍感到疑惑。

那深處藏有溫暖的瞳孔從回轉的視野中流去，正在戰鬥中的巴納吉氣息聲接著在耳邊響起。想衝進戰場的米妮瓦似乎在呼喚什麼，其他還有「葛蘭雪」的同伴與「擬・阿卡馬」上認識的臉孔，各自主張著自己的存在，流過星空之中。這是什麼？瑪莉妲在茫然的熱度之中思考。環繞著我的複數思維——寄宿在腦內的空白領域，讓我變遲鈍的人們。削出我的模樣、照出我的形狀的「光」……在人造物的身體之中產生，真正的「光」？

也許只是錯覺。可是，他們的存在讓我成為人。讓我成為遲鈍而脆弱，會被雜亂的感情所影響的人類。我活著，瑪莉妲心想。我不是人造物，我活著。在與其他人的關係之中找出了自我，理所當然的「人類」，呼喊著生命在此處存在著。

『結束了。瑪莉妲・庫魯斯。』

是伏朗托的聲音，虛無的叫喚聲敲進耳朵。切斷與其他人的關係，磨亮自己的代價，就是變得連人都不是，只是個悲哀的怨念附身物。還沒有結束，跟你不一樣，我有人在背後支撐著我。吞下溢出的血液，瑪莉妲靠著殘存的螢幕面板瞪著「新安州」，用渾身的力量拉動球型操縱桿。

「還沒完——！」

「剎帝利」舉起左手握住的光劍，將光刃砍向自己右肩。支撐莢艙的框體熔解，鋼鐵熔化的衝擊也傳到瑪莉妲的肩膀，切下來的二片莢艙漂在虛空之中。她毫不遲疑地將左肩的莢艙也融斷，瑪莉妲讓失去四片翅膀的機體面對著「新安州」，並且促使四片莢艙一起啟動。

設在驅動部位的精神感應框體接收到感應波，讓莢艙點燃推進器，使它本身化為感應砲。隱藏臂仍然健在的兩片閃動擾亂的光束，包圍「新安州」，另外兩片化為巨大的飛彈殺向紅色機體。

『什麼……!?』

伏朗托發出動搖的呻吟聲，並用光束薙刀斬向其中一片。內藏發電機的莢艙發出巨大的光芒並膨脹，其他莢艙朝著重心不穩的「新安州」突擊。具有與小型MS同等質量的莢艙撞去，並連續引爆，在數層火球吞沒紅色機體之前，瑪莉妲讓「剎帝利」的機身從現場脫離。

壓過、並消去伏朗托氣息的光芒連周圍的殘骸一起吹走。最後看到「新安州」的護盾連同斷裂的手腕在逆光之中掠過，那有如小型太陽的閃光收縮，在藍白色的氣體之中只看到無數冰冷的碎片留在黑暗裡。成功了……嗎?視線追著熔潰的護盾，目送那上面反射著遙遠太陽光的新吉翁徽章遠去後，瑪莉妲頭也不回地踩下了腳踏板加速。

壓來的G力讓漂在駕駛艙中的血液流動，打在背後的螢幕上發出啪答啪答的聲響。折斷的肋骨刺進肺部，讓口中吐出新的鮮血，不過瑪莉妲仍然咬緊牙關讓「剎帝利」繼續前進。雖然「擬．阿卡馬」來到了附近，可是現在還不能回去。我必須守護那些互相支持的背影，守護「光芒」。不只有一個，而是讓我成形的複數「光芒」。這次一定要守護住，那從我身體之中產生的真正「光芒」。

還不能死——不，我還不想死。以這出生至今第一次產生的念頭為糧食，失去四片翅膀，變得更像人類的「剎帝利」機身奔馳在虛空之中。像血一樣滴出的傳導液引燃、閃動著細小的火球，獨腳的人形化為閃爍的流星拖出一條光軸。

※

複數思維化為強風吹襲，產生亂流的戰場吹進強烈的陣風。粗暴而純粹、但是卻熟悉的氣息，讓頭皮有被拉扯的感覺，亞伯特不自覺地用單手扶住頭盔。

「什麼？不是利迪，是誰在呼喚著……？」

他隔著操縱室的窗戶，看向周圍。只看到曚曨地晃動的光帶，視野內看不到噴射光之類的光芒。「報喪女妖」與「獨角獸鋼彈」也繞到死角之中，不過既然兩機正在交戰，會這樣也是理所當然。與高速飛行的兩機相比，這台噴射座就有如鈍龜一樣。光是在突入戰鬥區域之後，能夠早早發現交戰中的兩機就已經接近奇蹟了。

當然，這奇蹟是有原因的，就是搭載在台座上的貨櫃，那相當於獨角獸型一架份量的預備用精神感應框體。雖然沒有流出貨櫃外頭，不過裡面的精神感應框體一定也在發出共鳴的光芒。在窗外搖動的感應力場，與在其中繼續戰鬥的「報喪女妖」以及「獨角獸鋼彈」就是最好證明。兩機的衝擊只在擴大到直徑接近二十公里的光芒中，並沒有脫離到力場外側。以兩機的加速性能來說只要數秒就可以脫離了，不過他們仍然留在力場之內，就好像力場是擂台一樣。被精神感應框體互相牽引的特性所束縛，想脫離也脫離不了的「獨角獸鋼彈」——而將他們連結的，一定就是這架噴射座。

貨櫃與「報喪女妖」的精神感應框體互相共鳴，形成了捕捉「獨角獸鋼彈」的網子。就算沒有精神感應裝置，不過他大概知道「獨角獸鋼彈」在哪個方位，而且也感覺得到這些情報有傳遞給利迪。只差一步就可以將巴納吉逼入絕境了，不過卻有其他人的思維，像是潑了一盆冷水一樣地介入——手扶著脈動的太陽穴，「居然隨便闖入腦海中……！」亞伯特發出煩躁的聲音，不過現實中傳來的一聲吼叫「亞伯特先生！」讓他轉動了瞪人的目光。

「已經到極限了，必須脫離。」

階級是上尉的駕駛員似乎叫了亞伯特許多次，並且隔著頭盔的護罩，用蒼白的臉孔看著他。下一瞬間，光束麥格農的粗大光條從前方劃過，從窗戶射進來的閃光塗滿操縱室。開槍的是「報喪女妖」、還是「獨角獸鋼彈」？不管是哪一邊，亞伯特都知道只要被擦過就會被吹走，可是很不可思議地他卻感覺不到恐怖。反倒是就這樣什麼都做不了，而從這裡脫離，才更令他害怕。要是瑪莎決定使用殖民衛星雷射的話，那麼也沒有辦法搶回她了。「不可以。」立即否定，亞伯特用目光追逐著閃過窗外的兩道噴射光。

「我們離開的話『報喪女妖』就會孤立。『獨角獸』已經因為連續戰鬥而疲累了，繼續壓制就可以打倒它。只要再一下就行了，留著。」

必須盡早葬送掉「獨角獸鋼彈」，讓「報喪女妖」幫忙搜索她。「可是……！」對仍然怒吼著的上尉，亞伯特的聲音硬壓過去，「做就對了！」並且交握起顫抖的雙手。

「順利的話，我會給你玩一輩子都用不盡的錢。總之……」

風唰的一聲吹起，奪走接下來的言語穿過天花板。跟剛才一樣，認識的思維化作陣風吹進身體內側，亞伯特忍住突然湧現的嘔吐感，「這是什麼……？」他呻吟著，並看向腳邊。被影子塗滿的操縱室地板，浮現淡淡的光條。在眼眸深處閃動的光條，下一瞬間躍至噴射座的前方，化為現實的光芒映在亞伯特的視網膜上。

沒有辦法追上那道馬上脫離視野的光芒，監視器的重播畫面顯示在螢幕上。受粗糙的CG補正過的機體，是一架擁有短胖身軀的MS。雖然全身被推進器的光芒所環繞，不過那架機體亞伯特有印象。雖然因為損傷使得它的機影變了，但這就是——

「難道說……！」

全身的毛孔張開，腋下滲出汗水。雖然失去了它最大特徵那四片莢艙，不過沒有錯。亞伯特在螢幕內中看到那名副其實地油盡燈枯的「剎帝利」機身，下意識地將手伸向內藏無線電的頭盔。「利迪，你聽得見嗎？」他對無線電叫著，並且將身子探出操控台環顧四周。

「有新吉翁的MS現在往你那邊過去了，不要對它出手！那上面、那上面坐的……！」

充滿恐懼而僵住的嘴巴，發不出她的名字而嚼著空氣。無線電內只流著雜訊，聽不見利迪的應答聲。沒有感覺到自己的意識傳達了過去，亞伯特只能急躁地敲打操控台。要將「獨角獸鋼彈」逼入絕境的思維明明就連繫到了，為什麼這麼簡單的指示卻傳達不了？「去追那架機體！要活捉駕駛員！」亞伯特抓住上尉說著，被上尉一句「不要開玩笑了……！」擋了回來，隨後他看到光束麥格農的光芒從頭上擦過。被衝擊波波及的噴射座大幅搖晃，灑下來的飛散粒子散落打在機體上。

「瑪莉妲！」

在劇烈搖晃之中，亞伯特第一次用聲音喊出她的名字。「剎帝利」的光芒已經不見蹤影，只有遠方戰鬥的光芒在感應力場之中閃爍著。

※

互相以光束麥格農射擊，在軌道交錯的一瞬間將左手機械臂往前方伸出。雙方發出精神感應攔截的波動補捉到對手，看不見的斥力在無法動彈的兩機之間衝突著。

「這樣下去沒完沒了……！」

出力不分上下，演算能力也不分上下。就算互相奪取了對方的系統，也不可能分出勝負。利迪讓「報喪女妖」退後，「獨角獸鋼彈」也往後方飛退，同時擊發的頭部火神砲讓細密的火線交錯。接著拔出光劍的時機也完全一樣，有如在照鏡子的兩架機體將粒子束糾斬在一起。

「沒錯，我跟你的直覺很合。不過——」

在極近距離擊發光束麥格農後，將空的步槍接合在左手側面。「報喪女妖」將護盾背在背後，兩腕的光束勾棍顯現，之後往躲開光束的「獨角獸鋼彈」突擊。

「我的殺意跟你不一樣！」

「報喪女妖」噴發推進器，交互甩動左右的勾棍。只靠一把光劍沒辦法完全擋下，勾棍的光刃擦過被壓制的「獨角獸鋼彈」側頭部。從融化的裝甲漂出氣體之血，「獨角獸鋼彈」立刻扭身遠離「報喪女妖」，『利迪先生，你被機體吞噬了！』巴納吉的聲音傳來。

『「報喪女妖」的NT-D失控了，這樣下去你也會毀掉的！』

「這樣很好啊。NT-D，新人類抹殺裝置！驅逐威脅人類的病原體用的系統！」

蹴離虛空，「報喪女妖」讓機體迴轉並張開兩腕，機體化為光刃的風車斬向「獨角獸鋼彈」，以千鈞一髮的差距後退的白色機體也從兩腕噴出光束勾棍。

「就為了人類的革新這種愚蠢的幻想，卻讓百年前的詛咒成為現實了。得要有人當祭品去鎮住啊！」

雙方迴轉，以裡拳的訣竅互相攻擊的粒子束兩度、三度爆出衝突的火光。利迪假裝會第四度進行攻擊，卻收起勾棍衝向「獨角獸鋼彈」懷中。立刻對臉部揮去的勾棍被對手的勾棍彈開，瞄向側腹部的另一把光刃仍然被光刃擋下。四把光刃互相牽制，『利迪……！』巴納吉的呻吟在接觸回路響起。

「你跟我正適合當祭品。留下詛咒的馬瑟納斯家，與隱藏詛咒的畢斯特家。只要各自繼承血緣的我們消失了，這百年來的恩怨也會消滅。」

『你認真的嗎……!?』

「不應該會這樣的。那原本不是詛咒而是祈願。要不是產生了新人類這種東西……！」白熱化的意識叫出來的瞬間，「獨角獸鋼彈」的雙腕一閃，兩把勾棍被彈開的「報喪女妖」往後晃動。利迪雖然第一時間重整態勢，不過「獨角獸鋼彈」接著繞到背後的舉動，連在延長十倍的時間之中都無法目視到。

幾乎接近瞬間移動的機體，對「報喪女妖」的背後揮出勾棍。避開狙擊肩部關節的一擊，轉過身去的「報喪女妖」面對著陸續揮來的攻擊。躲過不斷以令人恐懼的準確度瞄準關節揮來的光刃，左右扭動機體的同時，「你這股力量正是最好的證據！」利迪叫道。機體比操作早一步動作，「報喪女妖」的勾棍橫向掃開逼近眼前的粒子束。

「你已經不是普通的人類，而是適應了宇宙的人類，人稱新人類的人類亞種。讓『拉普拉斯之盒』的詛咒化為現實的人……！」

趁著揮動的走勢往前踏去，輪到利迪展開了攻勢。光束刃互相彈開而發出的火光，有如機槍般連續閃動，使雙方機體放出的精神感應框體燐光變薄。

「所以，就算被機體吞噬靈魂，我也要用我這普通人類的手打倒你！」

為了維持現在的世界，有百億的凡人生活的社會——懷抱著在不斷爆發的胸口底部凝結而成的話語，利迪連續揮出光束勾棍。『不對！不是這樣，利迪先生！』巴納吉的聲音迸出，「獨角獸鋼彈」的雙眼突然寄宿了宛如人類的光芒。

『你也是新人類，這道精神感應框體的光，是從你身上散發的。』

「什麼……!?」

『你應該也聽得見。大家都在擔心著你。奧黛莉，還有「擬・阿卡馬」的人們也是。』

兩眼發出的光芒刺穿了灼熱的身心，讓利迪握住操縱桿的手凍結了。同時之前排除在意識之外的「聲音」壓過來，一起流進僵直的身體中。怎麼會、為什麼、住手、停止啊。在無法分辨的複數思維之中，也混著亞伯特不知道在叫什麼的聲音，幾乎掐住喉頭的壓迫感壓在身體上。這是什麼？我看得見人的思維，與自己有關的人認識到自己的存在。『亞伯特……我的哥哥他也在呼喚著。』利迪在混亂與恐怖的漩渦之中，聽見巴納吉靜靜地訴說。

『問題不在怎麼出生，而是怎麼活下去。任何人都可以成為新人類，只要沒有失去感受的心靈。』

「……只是精神感應裝置的雜音。是『報喪女妖』的系統收到感應波罷了！」

不是這樣的話不行。如果不是這樣的話，我是為了什麼……吶喊，利迪否定了「獨角獸鋼彈」，可是聲音仍然哇哇地響個不停，讓他抱住頭部。『機械只不過是增幅罷了，你為什麼不懂……！』巴納吉怒吼的聲音壓破頭蓋，給予蠕動的腦子更沉重的負擔。

『那架「報喪女妖」，也是可能性的靈獸。擁有反應人心的系統。』

「閉嘴，不要說話……！」

『「盒子」如果真的會帶來災難的話，那毀掉就好了。我們一起去吧，利迪先生。奧黛莉也這麼期望著。』

太陽穴脈動著，頭要裂開了。可以感覺從內側溢出的力量，以及從外測流進來的力量發生衝突，而壓迫著腦部。夠了，住口。不要隨便在我腦中說話。「囉嗦！」用渾身解數叫著，利迪全力將腳踏板踩到底。「報喪女妖」從「獨角獸鋼彈」脫離，讓勾棍的光刃，再次拿出光束步槍的機體宛若在恐懼般地左右看去。

「你在哪裡，亞伯特!?雜音太嚴重，我聽不見你的聲音！」

感應力場的光帶搖動，不可靠地搖搖晃晃飛行的噴射座機影映在「報喪女妖」的視野中。「那個嗎……!?」低喃的同時，更加嚴重的頭痛襲向利迪，讓他用雙手壓住頭盔。住手，停止，不可以。複數的思維強烈地穿入腦海，讓噴射座的機影凝聚了否定的意識。利迪壓住從頭殼傳達到頭盔的抖動，用看著敵人的眼神注視著噴射座。

「不是，是從剛才就吵得要死的傢伙……！」

那不是亞伯特的機體。感覺到的「報喪女妖」拔出光劍，往噴射座衝去。『利迪，不行！』背著巴納吉的叫聲，利迪捕捉到94式噴射座那像床座的機影，並看到固定在台座上的兩輛裝甲車。認識到那是狩獵人類部隊的四不像坦克，感覺有如好久以前的一個月前記憶浮現，「擬．阿卡馬」MS甲板的味道嗆入鼻腔。還放在個人房的複葉機模型、諾姆隊長死前的呼喊。『我還沒有忘記看電影的約定喔！』美尋少尉低語著——

「蠱惑人心……！」

揮開令人僵住的記憶，他舉起光劍。沒有什麼像樣武裝的94式噴射座慢吞吞地做出迴避動作，在粒子束即將打進機首操縱席時，從其他方向發出的「聲音」化為波動貫穿了利迪的身體。

——住手，那上面載著你重要的人。

女人的「聲音」明晰地在腦中響起，利迪加以反應的思維拉回光劍。零點一秒之後，擦身而過的噴射座操縱席大大地映入「報喪女妖」的視野，透過防風玻璃看著自己的臉孔映在利迪的瞳孔之中。

「米妮瓦……!?」

就算穿著太空衣，也能明確地判別她似乎在叫喊中的樣貌。為什麼？就在他思考時，噴射座從腳邊穿過，遠去的噴射光拉開與「報喪女妖」之間的距離。暫時讓機體漂流的利迪，接著看到疑似「聲音」之主的機影劃過視野。

有著厚重機身的單眼機體，放出與殺氣不同的波動俯瞰著「報喪女妖」。雖然機影不同，但是與那架四片翅膀很像的機體。米妮瓦叫它「剎帝利」。是與「擬・阿卡馬」勾結的吉翁軍之人嗎？利迪一瞬間想著，並且回望那明顯直視著自己的單眼，卻在被混亂吞噬之前將目光從獨腳的機體上移開了。那上面載著你重要的人——為什麼妳會知道？不過是個**人造的人偶**，為什麼會知道我跟米妮瓦……

『瑪莉姐小姐！』「獨角獸鋼彈」呼喊著，並接近獨腳的機體。它的精神感應框體放著分不清是黃色還是綠色的光輝，七彩的光芒波動壓向「報喪女妖」。你看，我們可以這樣地互相共鳴。巴納吉的思維化為光漂流而來，讓利迪對那毫無顧慮的眩目感到血氣衝腦。他舉起光束步槍，裝上預備的彈匣，將槍口對準光芒的源頭。剎那間，粗大的光束從背後穿去前方，「報喪女妖」被衝擊波掃到而變得跌跌撞撞。

「艦砲射擊……!?」

主砲級的ＭＥＧＡ粒子彈連續射擊而來，光束削去「報喪女妖」的立足點，撕裂虛空而去。利迪從那暴虐之中逃出，透過感應力場的膜層瞪向火線的來源。一邊用砲擊打散進路上的殘骸，「擬・阿卡馬」白色的船體逐漸接近。住手、停止、不可以。無數的聲音順著主砲的光軸壓迫而來，幾乎燒斷神經的光芒與叫聲往「報喪女妖」灑去。那曾經是我的居留處射來的火線。苛責著腦海的否定思維——

「所有人都要否定我嗎……！」

他大叫，並將光束步槍的槍口對準「擬・阿卡馬」。那裝滿了否定思維的袋子，必須要讓那艦橋消失。沒有其他的思慮，利迪的手指扣住發射扳機。與「報喪女妖」同調的視野染上血色，他明確地目視到那像是木馬頭部的艦橋。

『住手——！』

巴納吉吶喊，但是利迪早了一步扣下扳機。在能源匣中保持簡併態的ＭＥＧＡ粒子完全解放，光束麥格農的光條從步槍噴出。它一直線地伸向「擬・阿卡馬」——然而突然插入其中的獨腳機體，擋在光束的前方。

雙手張開，有如在保護「擬・阿卡馬」般擴展機體的「剎帝利」，它粗壯的巨體遭到麥格農彈的直擊。上半身瞬間蒸散，只剩下半身的機體短暫的在虛空漂動，隨後膨脹的爆炸光環，讓「剎帝利」不留痕跡地消失了。

『嗚哇——————！』

無聲擴散的光芒，與獸吼聲重合。是「獨角獸鋼彈」的聲音——巴納吉的聲音。就好像這一聲讓他失去理智般，連悲痛都無以形容、宛如野獸的聲音在虛空中擴散，使利迪感覺扣下扳機的手指開始顫抖。爆炸的光芒擴大，包圍了仰天慟哭的白色機體。在覆蓋所有視野的光芒中，與爆炸光不同的某些異質物發出銳利的光，無數像針一般的光之雨粒往四方飛散。

「什麼……這是什麼光……」

被透過裝甲，進入駕駛艙的光之雨粒貫穿全身，讓利迪坐在線性座椅上的身體抖動。已經不能稱為爆炸光，將視野與思考都抹成一片空白的光芒擴大，包圍了呆呆地直立的「報喪女妖」。光芒擴展到整片宙域，將存在的所有物體照出，讓月球與地球間，閃爍著比星星更耀眼的光芒。

※

留下在真空中擴散的光芒，「剎帝利」就這樣一下子消滅了。與今天在這戰場上被擊墜的數十架MS一樣。讓人不能去想像身在其中的駕駛員們的思念，以及他們沒有任何一個人相同的人生。

自己好像在吶喊吧，這朦朧的印象是唯一的記憶。沒有聲音、不帶思考，巴納吉看著吞沒瑪莉妲而擴大的光芒。她死了——不可能。沒有任何理由可以讓她死的。她還沒有讓我帶去冰淇淋店，還沒有治療那遍體鱗傷的身體，連與辛尼曼見面說話的時間都沒有。

一切都正要開始，自己解開對自己下的詛咒，她才正要開始活著而已。還沒有生存的人，為什麼會死？為什麼會連骨頭都不剩地消滅了？她沒有死，瑪莉妲小姐不可能……

自己在哭泣著。比心靈更早接受現實的身體，無條件地流下了眼淚。在朦朧的視野中，精神感應框體的光輝變化，駕駛艙中浮現紅色的攻擊色。被那映出自己內心的光芒所驅使，巴納吉瞇起濕潤的眼睛，將光束步槍對準被光芒照耀而靜止的「報喪女妖」。

他咬緊牙關，將與機械臂連動的指頭扣住扳機，不這樣他無法呼吸，被心中的熱度填滿的身體將會脹破。饒不了你，你也消失吧。在化為爆炸爐心的心中低喃，就在他的指頭要使力的瞬間，巴納吉看到降下的光芒輕飄飄地化為手的形狀，並且抓住了光束步槍的槍口。

——不是這樣的，巴納吉。

輕輕地壓下光束步槍的光之手，穿過裝甲進入駕駛艙。感覺彷彿聞到瑪莉妲的甘甜體味，巴納吉連忙將手伸向光芒。

——他也在痛苦著，你應該也懂的。

想要抓住的指尖撲了空，打到儀表板上發出鈍重的聲音。碰不到，明明這麼溫暖，卻抓不到。仰望那靜靜地俯視著的半透明光芒，「可是、可是……！」巴納吉大叫。

「這樣太過分了！妳沒有遇過任何好事啊！只是戰鬥、受傷，亂七八糟的……！說不定……說不定之後妳總算可以過自己的人生了……」

搾出的聲音被嗚咽聲吞沒，無法完全吐出的感情化為水滴從眼睛灑出。碰觸他顫抖的肩膀，瑪莉妲彎下身子輕輕地抱住巴納吉。包覆全身的光芒傳來瑪莉妲的重量與溫暖，一點一滴地滲入巴納吉的心中。

——沒有這回事。你在替我哭泣，我也知道有其他許多人在為我惋惜。這樣，就夠了。

「那船長該怎麼辦!?連瑪莉妲妳都不在了，他要如何是好呢?明明妳是船長的『光芒』……」

拉近無法抱住的光芒，抱不到實體的雙手壓在胸口上。我的心中有你在，是你為我點亮了「光芒」。瑪莉妲露出帶有些許困擾的微笑，用發光的指尖擦拭巴納吉的眼淚，之後她以與進來時同樣的方法遠離了駕駛艙。

——巴納吉，現在的我，看得到你們看不見的東西。

透過全景式螢幕，站在虛空中的瑪莉妲說道。在她視線的另一頭，是漂著虹彩光芒的感應力場之海。由人心所編織而成的光之場所（FIELD）……

——每個人都站在那道門前。也許總有一天，帶著肉體穿越門檻的時候會來臨。在這裡，甚至看得見充滿光輝的時間。

「時間……看得見……時間……？」

——在這條彩虹的彼端，有道路繼續延伸著。

低喃著，搖動長髮的瑪莉妲溶入光芒之中。忘我地想追去的巴納吉，意識因為這動作而離開肉體，他感受到自己漂出到感應力場之海的錯覺。

錯覺？應該是吧。就算我身為新人類，但是也不認為人的意識與身體可以如此自由。不過，巴納吉的確被拋出到虛空，游在感應力場之海，與瑪莉妲的光芒重合，同時透徹的思維在宇宙之中劃出一條線段。在不受時間與空間束縛的領域中，兩道思維有如在嬉戲般互相融合，接觸著這片宙域中的每道人心。

在發出金色光芒的獨角下，眼神茫然若失的「報喪女妖」佇立在虛空中。在機體之中，黑色的駕駛服即將飽和的身心顫抖著，他大概還無法理解自己看到了什麼吧。不知道何謂敷衍，對什麼事都是用正面去面對，不知變通的利迪。連將扣錯的鈕釦重扣的空檔都沒有，只是不斷地封殺自己的孤獨靈魂浮現在光芒之中。

——那不懂得變通的心靈，傷害他人也傷害自己。

瑪莉妲對他說著。接觸到化為光芒的思維，發出「咿……！」的悲鳴聲，扭著身軀的利迪眼睛因恐懼而張大。他這樣的反應，必定也是源自於他的不知變通。

——如果不這樣做的話，世界便無法成立。可是，過於堅持只會令人窒息。希望你能夠待在巴納吉身邊。獅子與獨角獸，是要成對才能維持平衡的。只有其中一個人，也許會毀滅了世界。

「這是……什麼聲音……我、我瘋了嗎……？」

兩隻手壓著頭盔，無法咬緊的牙齒喀答答地打顫，利迪的瞳孔顫動著。不過，他的目光還未失去理性。他的深層心理理解到這是有必要的「聲音」。而他表層的意識，也已經逐漸地察覺了。

——你可以冷靜下來看看周遭。世界是如此寬廣，有這麼多的人互相迴響著。

抖動的瞳孔數度眨動，環顧左右的虛空。映出他的心靈的精神感應框體光芒變得和緩，獅子的「鋼彈」逐漸恢復冷靜。撫摸過去曾是自己分身的機體之後，瑪莉妲遠離了「報喪女妖」。「慢著……！」背對抬起頭的利迪，在虛空中翱翔的思維前往另外一道光源。

被貨櫃漏出的精神感應框體燐光環繞，亞伯特所搭乘的噴射座也靜止在虛空之中。沐浴在「剎帝利」的爆炸光之中，發現到自己粉碎了自己的希望，卻到現在還無法接受現實的脆弱心靈。空虛的聲音，不斷追尋著已經不存在的希望，從狹窄的操縱室流出，卻無法傳達給任何人。

「那道光……你做了什麼，利迪？告訴我狀況。你的聲音……我什麼都聽不見……」

——想要愛我的人。

照在身上的光，傳達了瑪莉妲的思維。塞在副駕駛座的巨體抖動，「瑪莉妲……」他低喃，隨後的瞬間，亞伯特的面容變得險惡。將悲傷化為憎恨，攻擊他人的同時也傷害著自己，扭曲而又悲哀的工作。他一如往常地，將無法處理的悲傷切換為對他人的憎惡，將習慣於絕望的身體塗成一片漆黑。

「誰把妳擊落的。利迪嗎？利迪！是你幹的嗎!?該死的巴納吉，為什麼讓瑪莉妲上戰場！你總是這樣子，把我重要的事物給——」

——這不是任何人的錯。發生在那個人身上的事，只能由那個人承擔。發生在自己身上的也一樣。

被父親背叛，被姑姑慫恿而對父親下手。為了填補由此而生的黑暗，憎恨著異母兄弟，給予利迪「報喪女妖」，然後——憎恨從理解一切的亞伯特眼神中消失，而滲出悔恨的淚水。「可是、可是……！」發出幼兒般的聲音，想要抱住光芒的亞伯特軀體趴到操控台上，第一次正面承受的悲哀讓他的背影發出顫抖。

「妳不愛我也沒關係，我只要妳陪在我身邊就好了。我覺得跟妳在一起，我一定可以重新來過……我一個人辦不到，只有我一個人辦不到啊……！」

——不要害怕，你已經在重新開始了。我希望你能把想告訴我的，也告訴大家。

「不要！妳死掉了吧？像母親一樣，丟下我死掉了吧!?我才不要聽擅自死去的人說的話！」

——亞伯特……這樣的話你也會死的。思考和大家一起活下去的方法吧，你知道一個人是辦不到的。

「等等！不要走，瑪莉妲！我的……！」

握住那伸長的手，在最後傳遞了溫暖之後，瑪莉妲的光芒遠去。緊抱著那逐漸散去的溫暖，亞伯特彎下身子，拚命地想保留這股溫暖。蜷成一團的背影透出嚎泣聲，然而那已經不是沒有人聽得見的怨言，而是足以動搖接觸到的人們心靈，自靈魂發出的聲音……

「『擬·阿卡馬』沒事吧？是什麼當盾擋住了!?」

『不是「鋼彈」。但是光芒太強無法觀測。那到底是什麼光……』

「洛特」上的駕駛員，用呆滯的聲音回應康洛伊的咆哮。米妮瓦已經了解到發生了什麼事。在94式噴射座的操縱室內，她一個人承擔起失去事物的重量，靜靜地看著窗外照進來的光，那凜然屹立，內心卻充滿柔和溫暖的思維之光。

——公主，很抱歉。瑪莉妲·庫魯斯，只能到此為止了。

所以，貫穿身體的思維凝結成這樣的「聲音」，她也不感到意外。米妮瓦翡翠色的眼眸垂下，「妳這個人真是……」她搾出顫抖的聲音。淚水流到長長的睫毛上，受瑪莉妲的思維之光照耀，宛如朝露般閃動著。

「我……我不知道該如何向妳陪罪。吉翁只是為妳帶來痛苦……卻沒有給妳任何的回報……」

——如果您總是把心繃得這麼緊的話，是會折斷的。請放寬心胸，公主您還有必須去做的事。

微微搖動了肩膀，米妮瓦抬起溼潤的臉孔。映著光芒搖晃的瞳孔凝聚焦點，就彷彿瑪莉妲真的存在於那裡一樣。

──巴納吉就麻煩您了。他還沒有辦法完全控制自己的力量。需要公主您的支持。

「可……可是，瑪莉妲……獨角獸所追求的，也許正是妳啊……」

不斷存在在銀鏡中，以及她心中的可能性之獸。反省著自己不但什麼都做不到，還成了讓利迪發狂的原因，米妮瓦的拳頭緊緊地握起。瑪莉妲留下寂寞的笑容，透明的軀體從米妮瓦身旁離去。

──有血液流通的身體，需要的是同樣帶有溫暖的人類軀體。請您去吧，巴納吉在呼喚著您。

「巴納吉嗎……」

對低喃的米妮瓦點頭，遠去的瑪莉妲再次溶入光芒之中。奔馳在沒有靜止，卻也沒有順暢地流動的時間與空間之中，這股思維降臨至最後一個該造訪的場所。

受傷的船體沐浴在光芒之中，對航行在殘骸之中的「擬．阿卡馬」來說，眼前這異質的光輝可能也不過是連續發生的狀況之一罷了。被化為艦艇護盾而擴散的光芒照耀著，艦橋中的每個人都嚇傻了眼，不過他們沒有失去對應現實的理性。

「是『剎帝利』！瑪莉妲中尉捨身成盾……！」

「被擊墜了嗎!?」

「趕緊確認！這跟爆炸的光芒不一樣！」

美尋宛如悲鳴的聲音，以及蕾亞姆還有奧特的叫聲陸續地交乘著。只有辛尼曼一個人並沒有嚇到，他那張旁人看來十分冷靜的臉望著光芒。並不是他不清楚狀況，甚至可以說他比任何人都早一步了解狀況，並且加以接受。因為混在光芒中降臨的思維，比觀測情報更早一步飛入艦橋，站立在他的眼前。

——船長，聯邦與畢斯特財團正鎖定著這個宙域。雖然不會馬上進行攻擊，不過請多加注意，我感覺到強力的能源胎動。

「瑪莉妲……妳、妳這傢伙，在最後的最後跑來，居然來說這種話……」

辛尼曼心裡非常清楚，正因為自己是最受她信賴的對象，所以她才會來對自己傳達重要的訊息。但即使如此他仍然壓抑不住，無以言喻的悲哀與憤懣從全身滲透出來，辛尼曼盯著在操控台上方凝結的思維之光。看到從他眼眸灑出的淚水，瑪莉妲的思維像是俯下臉般地晃動著光芒。

「不用擔心我們了，說說妳自己啊。妳要走了對吧？要和菲伊與瑪莉去同樣的地方了對吧？說句怨言啊！不要擺出一副接納了一切的表情，罵罵我啊……！我……我沒有為妳做過任何事啊……」

——我只是想再見你一面。因為我擔心……只是擊中我，會不會不足以抵消光束的威力。船長你沒事真是太好了。

「瑪莉姐……！」

——說不完的。你為我做過的、拯救了我……你是我的「光芒」，瑪莉姐・庫魯斯這個人類的「光芒」。

在窗外閃動的光芒逐漸淡去，瑪莉姐的思維也跟著變淡。辛尼曼突然從座位站起來，想抓住逐漸消逝的思維卻撲了空，倒下的身體摔在操控台上。

「少開玩笑了！那妳就給我回來！甩開死神，回到我身邊來！做不到，就我過去！不要再去任何地方了。瑪莉姐，我取消之前的命令，留在我身邊，不要丟下我……！」

——爸爸，不要為難我。

瑪莉姐的思維搖晃著，包裹了抓著操控台的手，最後僅存的重量與溫暖和辛尼曼重合。

想要抱緊她卻無法抱住，辛尼曼抱著自己胸口，肩膀像是得了瘧疾般抽搐，無法顧及面子，他的嗚咽聲響徹了艦橋。

——這裡還集合了其他許多的「光芒」。沒有注意到彼此的光輝，在黑暗中寂寞地佇候的許多「光芒」……請去找出他們吧。就像讓我重生時一樣。

光芒消失了。瑪莉妲的思維也失去形影，在辛尼曼身體內溶逝而去。辛尼曼抱著自己的胸口蜷曲著身體，將頭盔抵在操控台上，之後就一動也不動了。在奧特等人無語的注目之中，壓抑著的嗚咽聲從太空衣的背後漏出，染進那永遠不會消失的「光芒」的身體不斷小幅度地顫抖著。

光芒終於完全消失得無影無蹤，虛空回復到原本的黑暗。從已經忘記肉體的餘韻，逐漸失去人類形象的瑪莉妲思維脫離，巴納吉回到了被留在「獨角獸鋼彈」內的肉體中。

瑪莉妲的思維隨著放出的感應力場光輝，消失到人的知覺所無法觸及的彼岸。太陽系之外、銀河的另一端、不是此處的其他宇宙……連接到彩虹的彼岸，名為可能性的地平線。不論如何，在那裡連時間都充滿著光輝。一定沒有戰爭、沒有不愉快，不需太空衣也能在虛空中翱翔。瑪莉妲夢想中，那洋溢著光芒、無限的地平線——名為可能性的神所居住的場所，的確存在於這道彩虹的彼岸。

可是，對有肉體的身軀來說，那太遙遠了。我們還必須過著抵抗不合理、用現在的力量互相理解、傳達這肉體溫暖的時間。巴納吉抬起頭，流乾了淚水的眼睛看向實景影像呈現的宇宙。

已經聽不到瑪莉妲的聲音了。周圍只有能夠知覺的世界，包容著「獨角獸鋼彈」。數萬的群星彷彿在告訴自己，現在只要這樣就夠了，它們投射出硬質的光線，讓那片沒有那麼簡單用完的空間閃耀著光芒。

※

在光芒完全擴散後，只剩下一片藍白色的氣體浮現著冰冷的顏色。看不到幾乎都蒸發掉的機體碎片，只剩漂流無數年的宇宙殘骸慢慢地遊蕩著，緩慢地攪動急速稀薄的氣體雲。

很平常的擊墜場景……可是，不一樣。他有種發生爆炸的瞬間世界進行切換，有某些東西反轉了的感覺。光束的火線斷絕，利迪環顧寧靜無聲的暗礁宙域後，打開護罩擦拭臉上的汗水。

手的顫抖無法止住。他感覺的到心中的悲哀凝聚成了沉重的鉛錘，使得胃部變得沉重。其他人一瞬間放出的思維，在內心深處凝結成的鉛錘。幾近狂亂的知覺填滿身軀，那消失的「聲音」主人，現在仍在內心的某處。

「這就是，新人類的感應……？」

原本只是打算否定而發出的聲音，卻讓再一波的顫抖直達指尖。不是精神感應裝置的雜音，那到底是誰。失去精神感應框體的光輝，讓「報喪女妖」面對著氣體雲悄然佇立的利迪，聽到一句強烈的『不是這樣』而吃了一驚，轉向背後看去。

『瑪莉妲小姐她，總是那麼努力……因為她是那麼努力活下去的人，所以她的心聲才能夠傳達。』

壓抑的聲音顫抖著，距離不到一公里遠的「獨角獸鋼彈」雙眼發出和緩的光芒。明明是前一瞬間還在戰鬥的對手，可是卻感覺不到敵意與恐怖。就好像互相殘殺這件事，只不過是分不清是夢境或現實的遙遠記憶。而對此也不覺得不可思議，利迪只是看著失去光輝的機體，「巴納吉……」他用疑惑的聲音叫著。「獨角獸鋼彈」沒有回應，只是點燃姿勢控制推進器回過頭，露出毫無防備的背影遠去。

不是「擬．阿卡馬」的方位，雖然察覺到他是要前往「工業七號」，不過卻無法思考接下來該怎麼辦。她是那麼努力活下去的人，所以她的心聲才能夠傳達。在心中不斷重複著這段話，利迪的目光落向戴著黑色手套的手掌。

跟是不是新人類沒有關係。重要的是有沒有能夠傳出的心、以及能夠接受的心，區別人種一開始就不會有用。已經沒有人的心聲會傳給我。我把家族的問題與個人的怨念搞混，只是被未經判斷的憎恨驅使而殺了人的我，沒有可以傳達給別人的心靈。告訴我有自己重要的人搭在上面的「聲音」，亞伯特單相思的女性，告訴我這個世界太過寬廣、不需絕望，要拭去身上的憎恨的人，我卻用這雙手——

感測圈內，無法捕捉到米妮瓦的94式噴射座。也聽不到亞伯特的聲音，「擬．阿卡馬」保持沉默，沒有發出任何聲音。我是孤單一人，在實際感受到的心中，悲哀的鉛錘融解，化為眼淚從利迪的眼裡噴出。沒有任何人在，沒有任何人肯對我說話。我讓米妮瓦、巴納吉、亞伯特、父親，還有大家都失望了。可以重來的話我好想重來，想回溯時光，再次與大家重新相會。這次我不會再走錯了。我不會再迷失那個不是獨自一人，只能與大家一起活下去的自己了。

「可是，這一切已經……無法挽回了……吧……」

不斷溢出的淚水，在流出的瞬間浮起，化為圓圓的顆粒在眼前流動。被洗去自己無知的水珠環繞著，利迪在「報喪女妖」的駕駛艙壓下聲音啜泣著。

※

突然感覺到頭痛，讓羅南伸手扶住頭部。

在感受到不可思議的壓迫感之後，隨之而來的是甚至傳到胸口的劇烈頭痛。感覺宛如幼年時的利迪在哭泣，是自己的錯覺嗎？回想著帶來胸悶的壓迫感，羅南揉揉眼頭，深深地吐了口氣，再次看向六面大型螢幕。站在旁邊的瑪莎眼神瞄過來，低喃著「辛苦了」。

「要去休息室抽根菸，或是至少坐著吧？」

「不需費心。要是在我沒看到的時候，殖民衛星雷射發射了，那可受不了。」

只是笑了一下，瑪莎沒有再繼續搭話。看到她額頭稍微滲出的汗水，羅南確定這女人也感覺到了。他再次將視線看向從月面照到的望遠影像。

「高加索之森」——殖民衛星雷射「格利普斯2」的管制室狀況，從剛才到現在都沒有變。頻頻傳出的報告仍然維持著軍人的單調，映在望遠影像上的戰場也只是顯示著無法判別的光點，不過前不久，有很沉重的某些東西吹過這間管制室。似乎是吶喊、又像是陣風的那東西，搖動了管制室中全員的腦海，羅南他甚至在螢幕另一頭看到幻象。

伴隨著在太陽穴脈動的頭痛，羅南看到了爆炸光的其中一點擴大，並灑出光之雨粒的幻象。當然，那不是現實。就算要開玩笑，也不會說自己聽到了三十萬公里以外的戰場悲鳴聲，他也不覺得自己有可以感受到的神經。那不過是閃爍的光引發的一種集團催眠……羅南勉強做出結論，並用還在晃動的視野盯著目標光點看。艾布爾斯司令走到身邊，「從觀測到最後的戰鬥光芒算起，已經過了三分鐘。」他用僵硬的語氣說著。

「戰鬥似乎正在結束。『擬．阿卡馬』仍然健在。照著現在的速度，再二十分鐘左右它就會抵達『工業七號』。」

他的臉色微微發青。集結全軍力量的新吉翁艦隊，卻被一艘船艦給擊破，讓它離目的地近在眼前。那臉色就是他對這艘叛亂艦的威脅程度，重新評價的證據。羅南平心氣和地接受了事情的推演，卻也對自己已經預想到戰鬥的結束感到疑惑，他的目光沒有看向任何人，再度回到螢幕上。艾布爾斯的視線移向瑪莎：

「以『留露拉』為中心的新吉翁殘存艦，也會在『擬．阿卡馬』抵達的一個小時半之後抵達目標。射線上的安全已經做過確認了，隨時都可以下指示。」

「就是說，時候終於到了。」

雙手抱在胸前，瑪莎看向自己的眼神帶有伶俐的光芒。感覺到自己又往懸崖跨出了一步，「還沒有。」羅南接著否定了。

「等到他們接觸『盒子』再說也不遲！」

「真是悠哉呢……等到他們開啟『盒子』就太遲了喔！」

「所謂『盒子』的開啟，是指封在裡頭的祕密被公開。有必要認清楚知道真實的他們會怎麼行動。」

米妮瓦．薩比是聰明的少女。知道事情真相的她，也有可能就這麼繼續保持著「盒子」的祕密。覺得對象是她的話應該可以進行政治性對話的同時，卻也想起她那不在意得失的翡翠色瞳孔，結果還是只能帶著沉重的心情望向「工業七號」的影像。盯著自己看的眼神There起，瑪莎說：「只有知道『盒子』內容的人，才能做出這種判斷呢！」

「都已經到這個地步了，差不多也可以告訴我了吧，『拉普拉斯之盒』的真面目。百年前，那應該與首相官邸一起粉碎的東西，到底記載了什麼。」

預料之中的問題拋來，讓羅南悄悄地嘆了口氣。對瑪莎來說，這是千載難逢的好機會吧。不管會迎接什麼樣的結果，今後聯邦與畢斯特財團的共生關係都將邁向新的階段。就在覺得繼續沉默下去也沒有意義，正面對著似乎有點緊張的瑪莎之際。背後的鐵門開啟，「艾布爾斯司令！」吼叫聲響徹了管制室。

「有緊急事項，請准許我入室——」

推開站在門口的警衛，氣勢強悍地踏入室內的男人，臉孔與羅南對上的同時凍結了，而羅南與瑪莎也同樣倒抽了一口氣。「羅南議長……還有瑪莎夫人……」布萊特·諾亞看向兩人的臉低喃著。「布萊特上校，我可不記得我有下達入室許可。」艾布爾斯瞪著他，往前跨出一步。不過羅南在自宅與他面談時就確定，他不是會注重階級以及權威的男人。果不其然，布萊特無視艾布爾斯，環顧了室內，看到大型螢幕上「格利普斯2」的異樣後，他用帶有生硬怒意的視線看向羅南等人。

「你們在這裡做什麼!?」

尖銳的怒吼，讓各自面對終端機的管制員們一起回頭。似乎被他的氣勢壓制，艾布爾斯漲紅著臉吸氣，羅南斜眼對他看了一眼，舉起手制止他，並回望布萊特。同時偷瞄著瑪莎垂下目光，好像在說著真是的那表情，羅南用眼神示意艾布爾斯要門口的警衛退出。布萊特沒有去在意那因為丟了面子而露出憤怒，對警衛們說道「沒你們的事了」的基地司令，也直接回看著羅南。

他是從哪得到消息的——想這些也沒用。計劃讓「擬·阿卡馬」與米妮瓦一行人接觸，前往「盒子」的正是布萊特，而將他牽扯進事件中的不是別人，正是自己。就算正在調職處分中，但是有他這樣的人脈及遠見，會找到這裡來也沒什麼奇怪的。羅南內心並沒有太多疑惑，只抱有演員都到齊了的感慨，並將視線移回螢幕。捕捉著殖民衛星雷射、「工業七號」、暗礁宙域戰場等地的望遠影像。環顧這一切可說是陰謀構圖的影像，「我們沒有選擇的權利。」他低喃著。

「下決定的是他們。再不久，一切就會有結果了。」

稍微收斂下巴，跟著仰望螢幕的布萊特側臉滲出焦躁。背負著許多只能等待結果的視線，「擬・阿卡馬」的光點慢慢地移動，一步步地逼近與「工業七號」之間的距離。

※

穿過操縱室後方的客艙，鑽過氣閘門後，就到了曝在真空中的94式噴射座台座上。在足以趴著MS的空間裡，有坦克形態的「洛特」縱排著，幾乎塞滿有如床鋪的長方形空間。米妮瓦在氣閘門的勾子掛上救生索，加以拉緊之後，蹬離台座飛向「洛特」的機身。沒有遮蔽物的視野中，映著寂靜的暗礁宇宙，可以看到有無數相對速度一樣的宇宙殘骸浮遊著。

剛誕生的細微碎片，與噴射座同航路並包圍了周遭。被大小似乎可以懷抱的月球所發出的光芒照耀，不時閃爍著光芒的碎片，就有如在真空中飛舞的螢火蟲群。速度比噴射座稍快的碎片群，從米妮瓦身邊慢慢地流過。無數的光之碎片各自閃爍、互相嬉戲的同時，點綴了通往「工業七號」的道路。

瑪莉妲的碎片。被心中突然冒出的這一句話所影響，讓米妮瓦咬住嘴唇。她深深吸了口氣之後，將身體轉向機體後方。遠方閃動著推進器的光芒，黑暗中浮現白色的人型機體逐漸接近。不久機體便大到可以判斷是「獨角獸」，它噴發推進器減速，在噴射座的正上方進行定位。

解除毀滅模式，恢復成獨角的巨人慢慢地下降。純白的裝甲曝露出污染它的無數傷痕與焦痕，讓米妮瓦對它超乎想像之外的耗損驚訝得說不出話，此時它的駕駛艙門突然開啟，腹部出現空洞的機體俯瞰著米妮瓦。巴納吉在呼喚您——沒有多加反芻剛才所聽到的「聲音」，米妮瓦蹬離「洛特」的車體跳了上去。在「獨角獸」的機械臂抓住台座上的導航器，與噴射座的相對速度歸零之前，她碰觸到那開著四角型開口的駕駛艙門。

駕駛艙內異常陰暗，是因為全景式螢幕投影著宇宙的實景影像吧。米妮瓦的上半身探進與外頭沒有區別的黑暗中，看到了浮現在黑暗中的白色駕駛服，「巴納吉……」她不由自主地叫著。駕駛服的頭盔稍微動了一下，彷彿是聽到了聲音才察覺到，他的眼睛眨動著，「奧黛莉……妳怎麼會在這裡？」虛脫的視線透過護罩傳來。那還沒有發現駕駛艙門已經打開，宛如就要散開的面孔在眼前搖動，讓米妮瓦一下子抱住了巴納吉。

米妮瓦用雙手抱住他的頭盔，兩人的身體在線性座椅上緊貼著。錯開心靈的位相，拚命地壓抑著感情的巴納吉——這樣下去他會毀掉。就在她抱住那冷卻的身心，想多少傳遞自己的體溫時，「奧黛莉……？」從碰觸的頭盔傳來宛如直接對話的聲音。雖然話中對這突如其來的舉動感到疑惑，不過巴納吉的雙手也抱住了奧黛莉的腰不放。就像是要聯繫住即將掉落的身軀，熟悉的掌心抱著米妮瓦，透過太空衣不斷傳遞著些許的體溫。

「……瑪莉妲小姐她，跟我說了。」

不知道過了多久，巴納吉細細地低喃，米妮瓦讓身體稍微退開，窺視著隱藏在護罩下的臉孔。

「她要我不可以生氣，要原諒利迪少尉。我有做到喔……」

還流有淚痕的雙眼顫動著，傳遍全身的振動也傳遞給了米妮瓦。她緊緊地抱著巴納吉的頭盔，彷彿想要吸收那些顫抖一般地緊貼著身體，「虧你能夠忍住。」她擠出帶有哭調的聲音。

「真了不起，巴納吉。瑪莉妲一定也以你為榮……」

「當然的，那個人第一次這樣拜託我……可是……可是……」

從腰部繞到背上的手臂加強了力道。哽咽的喘息搖動著頭盔，米妮瓦也閉上滲出淚水的眼睛。

「可以讓我再這樣一下子嗎……？」

似乎終於找到發洩口的感情，讓他的聲音產生起伏。米妮瓦用不輸給巴納吉的力量緊抱住他，取代回答。顫抖變得強烈，啜泣讓肩膀激烈地上下波動。將身子寄予緊緊抱住自己的米妮瓦，巴納吉發出聲音哀號。

有如孩童般毫無顧忌，散發一切情感仍然無法收拾的痛哭。無法壓抑的顫抖打散了浮起的淚水，米妮瓦看向背後，正面的艙門口，可以看見帶狀擴散的銀河群星。以銀河為背景，浮現在其中那小指頭大小的物體，就是與正在手中顫抖的生命相識，一切開始的地點。與殖民衛星建造者「墨瓦臘泥加」一起，漂浮在暗礁宇宙中的「工業七號」。

瑪莉妲讓我們見識到，那道住有可能性諸神的地平線，仍然那麼遙遠。但不管有什麼樣的真實在等待著我們，現在都只能前進。委身於噴射座的律動中，米妮瓦看著越來越大的「工業七號」。失去殺氣的宇宙，仍然是如此黑暗，瑪莉妲的碎片圍繞在周圍，不斷地投射出曚曨的光芒。

※

推進器細小的光芒，從無數層的殘骸另一側劃過。與「獨角獸」接觸的噴射座閃出的那道光芒，在注目之下混入宇宙殘骸之海，從望遠鏡的視野中消失了。

嘆了一口氣，將貼在頭盔護罩上的望遠鏡拿開。雖然「傑斯塔」的監視器解析性能比太空衣用的望遠鏡要來得高，不過前題是機體狀況必須良好。闔上腳邊的檢修蓋，奈吉爾從胸部裝甲上環顧自機狀況，他對連主監視器都裂開的損害情況感到相當鬱悶。雖然進行了應急修理，不過這樣子能不能回到「雷比爾將軍」都還是問號。應該對至少四肢沒事這點感到慶幸嗎？

從旁邊流過，戴瑞的「傑斯塔」狀況也差不了多少。不過主監視器似乎沒事，奈吉爾看到那護目鏡型的眼睛追著噴射光，「知道他們往哪裡去了嗎？」他試著問道。先一步結束應急修理，已經回到駕駛艙的戴瑞，聲音透過無線電傳來：『是「工業七號」吧，沒有其他的去處了。』

『「擬・阿卡馬」也採取同樣的航路。他們的目的是前往那裡……』

「我想也是吧，有種總之去了再說的感覺。也許那啥『拉普拉斯之盒』就在那裡。」

奈吉爾突然想起米妮瓦・薩比的聲音，也想起了華茲說道該做的事只有一件的聲音，在苦澀之中，他聽見了戴瑞繼續問道『要與「擬・阿卡馬」會合嗎？』的聲音。那急性子的傢伙還沒有交到會為他哭泣的女人就走了呢，在心中低喃著，仰望著吞沒華茲生命的宇宙，他帶著嘆氣回答：「先不要好了。」

「有些事情是旁觀者清。『雷比爾將軍』應該也快到了。保持距離，我們也往『工業七號』接近。」

『了解。可以動嗎？』

「只是要動的話倒是沒差。反正要是遇到感應機體，這架『傑斯塔』也應付不了。」

雖然覺得丟臉，不過這是在這兩個多小時的戰鬥中最深刻的體會。完全無法插手「獨角獸」與紫色MS的戰鬥，「新安州」甚至剛出場我們就遭到強制驅逐。被「獨角獸」與「新安州」所發出的那來源不明的光芒捲入，結果被彈飛到戰鬥區域外。

旁聽到的無線電中說那似乎叫感應力場。不知道雙方戰鬥的結果，也不清楚弗爾・伏朗托的生死，不過已經感覺不到那高壓的殺氣了。差距大到喚不起悔恨感，倒是讓頭腦開始想著什麼是互相感應的精神、適應宇宙的人類應該如何，這些哲學性的思考。如果是華茲他會怎麼想？不自覺地想著，奈吉爾的臉頰苦笑不出來而歪著，『這個應該沒問題吧！』戴瑞的聲音回答。

『戰鬥似乎已經結束，這個宙域已經沒有與「獨角獸」為敵的新人類了。』

斷定的口氣，讓繃緊的臉頰多少放鬆了一點。看來被感化的不只有我而已。奈吉爾看向戴瑞機的方向，問道：「有沒有找到『報喪女妖』？」既然還留有與「獨角獸」一起戰鬥時的感覺，讓他期待著說不定能感覺到利迪的存在。不過戴瑞用含糊的聲音回答：『宇宙殘骸太多了……』

『發生那場奇妙的爆炸之後，感應力場的光芒也消失了。難不成那就是……』

「這倒不會吧。那個……雖然不敢肯定，但我想不是利迪。」

當時的壓迫感，化為遙遠的迴響仍然留在心中。那是女性的「聲音」。觀測到「報喪女妖」與「獨角獸」交戰之後不久，隨著某些東西爆炸，一起擴散而出的「聲音」。自己能像這樣用冷靜的頭腦概括現況，說不定也是託那「聲音」安撫破爛身心的福。不然的話，說不定我們會滿腦子想著報仇回到戰場，而步上華茲的後塵。

「感應力場。精神……靈魂作出的力場嗎？」

下意識地低喃著，就在他苦笑著這真不像是自己的時候，奈吉爾看到視野的一隅有東西閃了過去。

順著慣性漂流的殘骸中，其中一片的顏色深深地映入眼裡，往「工業七號」的方向流去。那不是碎石類的東西。雖然殘骸小到無法辨識形狀，不過那是——

「紅色彗星……？」

被月光照亮，一瞬間露出紅色，那疑似ＭＳ的殘骸無聲地滑過寂靜的暗礁之中。轉眼間混在其他的殘骸之中而無法辨識，融入了連望遠鏡都追不到的黑暗之中。

《第十集待續》

機動戰士鋼彈UC（UNICORN）9　彩虹的彼端（上）

作者
福井晴敏

角色設定
安彥良和

機械設定
KATOKI HAJIME

原案
矢立肇・富野由悠季

插畫
虎哉孝征

設定考證
岡崎昭行
小倉信也
白土晴一

協助
佐佐木新（SUNRISE）
志田香織（SUNRISE）

日文版裝訂
住吉昭人（fake graphics）

日文版本文設計
泉榮一郎（fake graphics）

日文版編輯
石脇　剛（角川書店）
大森俊介（角川書店）
永島龍一（角川書店）

Kadokawa Light Novels

CODE GEASS反叛的魯路修 STAGE-0~4

Kadokawa Fantastic Novels

作者：岩佐まもる　故事原案：大河內一楼／谷口悟朗　插畫：木村貴宏、toi8

魯路修GEASS力量的失控，
導致了無法挽回的慘痛悲劇……

為了從神聖不列顛尼亞帝國的苛政中拯救日本人，皇女尤菲米亞宣布成立讓日本人自治的「日本特區」。此舉雖然使日本欣喜若狂，但卻由於魯路修失控的GEASS，使儀式現場化為一片血海……這是神的意志，還是惡魔的命運!?

各 **NT$180~190/HK$50**

台湾角川

Kadokawa Light Novels

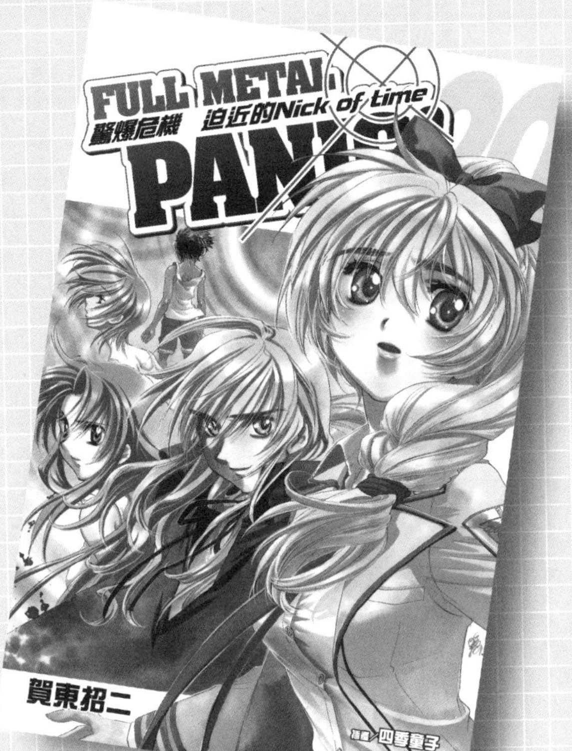

驚爆危機 1~20 待續

Kadokawa Fantastic Novels

作者：賀東招二　插畫：四季童子

〈傾聽者〉的真實面貌即將揭曉！
宗介等人將於「起始之地」逼近最大的謎團——

因宗介駕駛新型AS〈Laevatein〉大大活躍，〈De Danann〉機員便致力營救分散各地的〈米斯里魯〉成員；同時泰莎為了取得某個情報也加緊著手行動。在尚未擺脫〈阿瑪爾干〉威脅的危機狀況下，她如此執著的情報內容究竟是……？

各 **NT$160~240/HK$45~68**

台湾角川

Kadokawa Light Novels

STRIKE WITCHES強襲魔女 1 待續

Kadokawa Fantastic Novels

作者：山口昇　原作：島田フミカネ＆Projekt Kagonish　插畫：島田フミカネ

兩大巨匠攜手獻上最強兵器少女物語！
同時動畫化、漫畫化、遊戲化的架空歷史大作——

由暢銷作家山口昇與人氣插畫家島田フミカネ合作，將二次世界大戰的兵器與美少女完美的架空歷史大作！人稱「扶桑海的巴御前」的空中王牌穴拭智子進駐前線索穆斯，迎戰未知的異型「涅洛伊」。快來體會與動畫版不同的兵器少女物語!!

NT$160/HK$45

台湾角川

Kadokawa Light Novels

聖魔之血

R.O.M.長篇系列1~6
R.A.M.短篇系列1~6 Canon 神學大全

Kadokawa Fantastic Novels

作者：吉田直　插畫：THORES柴本

亞伯與艾絲緹的旅程，仍將繼續……

未完成的超級大作《聖魔之血》終於補完，解說終究無法寫成的故事「開始」與「結局」。吉田直老師筆下壯闊的遠未來啟示錄徹底解碼！新巴洛克風史詩中失落的龐大故事世界即將揭開神祕面紗——別移開你的眼光！

各 **NT$180~260/HK$50~75**

台湾角川

國家圖書館出版品預行編目資料

機動戰士鋼彈UC.　9,　彩虹的彼端/福井晴敏
作；吳端庭譯.——初版.——臺北市：臺灣國際
角川,2010.04
面；公分.——（Kadokawa fantastic novels）
譯自：機動戰士ガンダムUC. 9,虹の彼方に

ISBN 978-986-237-610-2（上冊：平裝）

861.57　　　　　　　　　　　　　　　　99004566

Kadokawa
Fantastic
Novels

機動戰士鋼彈UC 9 彩虹的彼端（上）

（原著名：機動戦士ガンダムUC 9　虹の彼方に（上））

2024年6月26日　二版第1刷發行

作　者：福井晴敏
原　案：矢立肇・富野由悠季
角色設定：安彥良和
機械設定：KATOKI HAJIME
插　畫：虎哉孝征
譯　者：吳端庭

發行人：台灣角川股份有限公司
總　監：呂慧君
總編輯：蔡佩芬
主　編：林秀儒
設計指導：陳晞叡
美術設計：黃永漢
印　務：李明修（主任）、張加恩（主任）、張凱棋、潘尚琪

發行所：台灣角川股份有限公司
地　址：104台北市中山區松江路223號3樓
電　話：（02）2515-3000
傳　真：（02）2515-0033
網　址：www.kadokawa.com.tw
劃撥帳戶：台灣角川股份有限公司
劃撥帳號：19487412
法律顧問：有澤法律事務所
製　版：巨茂科技印刷有限公司
ISBN：978-986-237-610-2